Tanizaki Jun'ichirō
Liebe und Sinnlichkeit

Taniʒaki Jun'ichirō

LIEBE UND SINNLICHKEIT

Aus dem Japanischen
übersetzt und kommentiert
von Eduard Klopfenstein

Mit einer Original-Kalligrafie
von Suishū T. Klopfenstein-Arii

MANESSE VERLAG

SINNLICHKEIT

Es sind schon einige Jahre vergangen seit dem Tod des englischen Humoristen Jerome K. Jerome. In seinem Buch «Notizen zum Roman»[1] gibt er die folgende Erkenntnis zum Besten: Romane und Erzählungen sind, mit einem Wort, belangloses Zeug. Seit alters haben sich davon so viele angehäuft wie Sand am Meer, Zehntausende oder gar Hunderttausende, und man kann lesen, soviel man will, der Ablauf des Geschehens steht unweigerlich fest. «Zuerst war da mal irgendwo ein Mann. Dann war da eine Frau, die liebte ihn» – *«Once upon a time, there lived a man and a woman who loved him»* –, im Kern läuft es letztendlich immer nur darauf hinaus.

Den folgenden Ausspruch Lafcadio Hearns[2] hat mir mein Kollege Satō Haruo zugetragen. Hearn soll in einem Vortrag gesagt haben, Romane und Erzählungen seien seit eh und je immer nur auf Liebesverhältnisse zwischen Männern und Frauen fixiert. Deshalb habe sich wie von selbst das allgemeine Vorurteil eingenistet, ein Stoff sei nicht für die Literatur geeignet, wenn er sich nicht mit Liebe abgebe. Aber warum eigentlich? Es gebe doch viele Bereiche jenseits von Liebe oder von Beziehungsangelegenheiten, die sich für den Roman eigneten. Schon immer sei der Umkreis der Literatur viel weiter gespannt.

Sowohl die satirische Bemerkung Jeromes wie auch die Stellungnahme Hearns belegen, dass im Westen offenbar tatsächlich erzählende Literatur ohne Liebesthematik als ungewöhnlich gilt. Zwar verzeichnet man schon seit recht frühen Zeiten politische Romane, Gesellschaftsromane und Kriminalromane; doch wurden sie in den meisten Fällen entweder als etwas über die reine Literatur Hinausgehendes, einem «nützlichen Zweck Verpflichtetes» betrachtet, oder aber als «etwas Minderwertiges» abgetan.

Heute stehen wir vor einer leicht veränderten Situation. Es hat sich eine Zeitströmung durchgesetzt, die unter Nützlichkeitserwägungen geschriebene Prosaliteratur nicht automatisch als minderwertig einstuft. Dennoch sind – selbst wenn es sich um Werke über Themen wie Klassenkampf und Erneuerung der Gesellschaft handelt – Fälle, in die nicht irgendwelche Liebesprobleme hineinspielen, eine große Ausnahme. Sogar in dieser Sparte stehen also meistens Konflikte verschiedenster Art im Zentrum, die durch Herzensangelegenheiten und -verwicklungen heraufbeschworen werden – sei es nun, dass der Akzent mehr auf der Liebe oder mehr auf standesgemäßen Verpflichtungen liegt.

Auch in Kriminalromanen führt nicht selten die Liebe zum Verbrechen. Und wenn man diesen Bereich gar ausweitet und alles hinzuzählt, was unter dem Begriff «menschliche Beziehungen» läuft, lässt sich seit alters im westlichen Roman, in der westlichen Literatur kaum etwas finden, was seinen Stoff nicht aus diesem Umkreis nimmt. Zwar stößt man auch auf Tiere als Hauptfiguren eines Romans, wie etwa in E. T. A. Hoffmanns «Kater Murr», Anna Sewells «Black Beauty» oder Jack Londons «Ruf der Wildnis»[3]. Doch da es sich sehr oft um parabelhafte Texte handelt, reichen sie eben doch nicht über den Kreis der menschlichen Beziehungen im weiten Sinn hinaus. Eher zu den Ausnahmen gehören auch Werke, welche die Schönheit der Natur zum Gegenstand haben, insbesondere Gedichte. Und doch, bei genauem Hinsehen sind selbst hier fast immer in irgendeiner Hinsicht menschliche Beziehungsprobleme im Spiel.

Als ich bis hierhin geschrieben hatte, kam mir plötzlich in den Sinn, dass sich ja in den Schriften von Meister Natsume Sōseki eine Abhandlung mit dem Titel «Vorstellungen englischer Dichter über die Naturerscheinungen»[4] findet. Sogleich durchstöberte ich mein Bücherregal, konnte die Schrift aber leider nicht finden. Zu meinem Bedauern ist es mir also nicht möglich, die Ansichten des Meisters hier wiederzugeben. Aber wie auch immer, jedenfalls nehmen in den Künsten des Westens, wenn nicht gerade nur die Liebe, so doch jedenfalls die menschlichen Beziehungen einen großen Raum ein – jeder, der die westliche Literatur- und Kunstgeschichte betrachtet, wird das sehr rasch bestätigt finden.

Der japanische Teeweg erlaubte bei den Rollbildern, die im Teeraum aufgehängt werden, seit alters sowohl Bilddarstellungen wie Kalligrafien.[5] Einzig das Thema *koi*, Liebe, Leidenschaft, war ausgeschlossen. Man war also der Ansicht, *koi* widerspreche dem Geist des Teewegs.

Die Tendenz, Liebe auf diese Weise abzuwerten, zeigt sich nicht nur beim japanischen Teeweg, sondern ist in Ostasien allgemein keineswegs ungewöhnlich. Auch in unserem Land gibt es zwar seit alten Zeiten mancherlei an Erzählprosa und Dramentexten. Es mangelt also nicht an Werken, die die Liebe behandeln. Aber sie haben in unserer Literaturgeschichte erst von dem Zeitpunkt an Beachtung gefunden, als die westliche Betrachtungsweise sich auszubreiten begann. In Zeiten, als es so etwas wie «Literaturgeschichte» noch gar nicht gab, galten Liebesromane (sogenannte *nanbungaku* – weiche Literatur) als unbedeutende Nebenprodukte, als Zeitvertreib für Frauen oder gelegentliche Zerstreuung für gebildete Männer. Sowohl Autoren wie Leser wahrten Distanz dazu. Selbst wenn es in Wirklichkeit Schreiber und Dramatiker gab, die sich in dieser Sparte auszeichneten, und selbst wenn es vorkam, dass ihre Werke in ihrer Generation einen durchschlagenden Erfolg erzielten, so wurden sie dennoch nach außen hin als tiefer stehend angesehen, und es galt als unangemessen, dass ein ernst zu nehmender, gestandener Mann seine Lebenszeit für diese Art Tätigkeit einsetzte. In China wurde seit der Antike der Umkreis wahrer Literatur sogar mit der Formel *«saisei keikoku»*, «Die Menschen retten und das Land richtig regieren», umrissen. Die chinesische Literatur beschränkte sich traditionell in der Hauptsache auf die sogenannten Klassiker und die historischen Werke oder umfasste dann zumindest Schriften, die auf die Hebung der Moral, die Lenkung des Staates und die Wahrung des Friedens abzielten. Die Bücher, die ich in meiner Jugend als Unterrichtsmaterial für altes Chinesisch benutzt habe, nämlich die «Vier Bücher» und die «Fünf Klassiker», die «Historischen Aufzeichnungen» und die «Sammlung musterhafter Texte»,[6] waren alle denkbar weit von der Liebesthematik entfernt, und es scheint, dass man seit eh und je diese Art von Schriften als wahre Literatur, als legitime literarische Überlieferung angesehen hat. Nach Anbruch der Meiji-Zeit aber kamen Werke heraus wie «Das wahre Wesen erzählender Literatur» von Tsubouchi Shōyō[7], oder man begann mit vergleichenden Studien über Shakespeare und Chikamatsu, über Maupassant und Ihara Saikaku; und allmählich führte das dazu, dass man Drama und Roman als Hauptgenres der Literatur betrachtete. Bei Lichte besehen, entspricht das nicht unserer wahren Tradition. Erzählende Werke und Dramen sind demnach etwas «Erschaffenes», etwas «Erfundenes». Werke der Geschichte, politischen Wissenschaft oder Philosophie sind dagegen nichts «Erfundenes». Aber eine Denkweise, wonach sie, weil sie nichts «Erfundenes» sind, auch nicht Literatur sein können, muss denn doch von unserem Standpunkt her als ziemlich engstirnig bezeichnet werden. Wenn wir die westliche Literatur aufgrund unserer Tradition einschätzen wollten, dann stünden vermutlich Autoren wie Bacon, Macaulay, Gibbon und Carlyle für die Hauptströmung, Stücke von Shakespeare und dergleichen würde man wohl eher auf eine versteckte Nebenlinie abschieben.

Nach Auffassung des Westens steht die Dichtung als reine Literatur über der Prosa. Blickt man auf die Lyrik des Ostens, so finden sich auch hier verhältnismäßig wenige Anspielungen zum Thema Liebe. Das ist ganz leicht nachzuprüfen, wenn man sich die Verse der beiden repräsentativen Dichter des Ostens, Li Bo und Du Fu,[8] vornimmt. Du Fu besingt gelegentlich Abschied und Trennungsschmerz oder bricht in Klagen über die Verbannung aus. Adressaten sind aber meistens Freunde, selten einmal Frau und Kinder, und nicht ein einziges Mal die Geliebte. Und wenn wir uns dem «Dichter des Mondes und des Weins», Li Bo, zuwenden, so dürfte er wohl der Liebe nicht ein Zehntel der Beachtung geschenkt haben, die er dem Mondlicht oder der Reisweinschale zukommen ließ. Mori Kainan[9] hat vor Jahren in seiner kommentierten Auswahl von Gedichten der Tang-Zeit jenes berühmte «Lied vom Mond über dem Berg O Mei» aufgegriffen:

Über dem Berg O Mei stehst du, Herbstmond,
in halbem Rund
Dein Widerschein zerfließt im Strom Ping chiang
Nachts brech ich auf von Ching-hsi, gegen die
drei Schluchten
Ich denk an dich – nun bist du außer Sicht,
auf dieser Fahrt hinunter nach Chung ching

Der Satz «Ich denk an dich – nun bist du außer Sicht» scheint, so erläutert Mori Kainan, oberflächlich betrachtet den Mond zu meinen. Aber wenn man den Bergnamen O Mei näher interpretiert, dann erkennt man, dass der Dichter im Geheimen eigentlich an seine Geliebte denkt.

Diese Erklärung ist gewiss scharfsinnig. Selbst wenn Li Bo solcherart gelegentlich die Liebe besingt, so tut er das in einer äußerst vagen, anspielungsreichen Weise, indem er seine Gefühle auf den Mond überträgt. Das galt als guter Geschmack, wie er den Dichtern des Ostens wohl anstand.

Deshalb ist Lafcadio Hearns Aussage, es könne Romane oder Literatur auch ganz ohne Liebe geben, vielleicht für Leute aus dem Westen bemerkenswert, doch für uns Menschen des Ostens ist das keineswegs eine besonders aufregende Erkenntnis. Wir wurden in der Tat gerade umgekehrt vom Westen darüber belehrt, dass es hochstehende Literatur auch in Verbindung mit Liebe geben kann.

———

Man hört immer wieder, die Schönheit der Farbholzschnitte sei vom Westen entdeckt und weltweit bekannt gemacht worden. Und wir selbst, die Japaner, hätten vom Wert dieser unserer eigenen Kunst, auf die wir stolz sein könnten, nichts gewusst. Aber wenn man es sich recht überlegt, so gereicht das weder uns zur Schande, noch zeugt die Entdeckung der Farbholzschnitte von besonderer Weitsicht der Menschen aus dem Westen. Natürlich anerkennen wir dankbar das Verdienst des Westens, dass er in dieser Hinsicht unsere Kunst gewürdigt und in der ganzen Welt propagiert hat. Doch wenn wir ganz ehrlich sein wollen, so waren für westliche Menschen, die nur Liebe und

Beziehungsprobleme als Gegenstand der Kunst billigen, die Farbholzschnitte ganz einfach am leichtesten verständlich. Und warum diese prächtige Kunst unter den Japanern kaum Beachtung gefunden hatte, war ihnen eben unverständlich.[10]

In der Tat entsprach der soziale Stand der Holzschnittkünstler in der Tokugawa-Zeit genau dem der *gesaku*-Schreiber[11] und der Verfasser von Kabuki-Stücken[12]. Vermutlich waren für die damaligen Gebildeten das Anschauen von Holzschnitten und das Lesen von *gesaku* nicht weit entfernt vom Konsum erotischer Bilder und Bücher. Deshalb überstieg es ihren Horizont, Moronobu, Utamaro, Harunobu oder Hiroshige auf die gleiche Stufe zu stellen wie Ike no Taiga, Tanomura Chikuden, Ogata Kōrin oder Tawaraya Sōtatsu. Und auch auf dem Gebiet der Literatur dürfte es niemanden gegeben haben, der einen Chikamatsu Monzaemon, Ihara Saikaku, Shikitei Sanba oder Tamenaga Shunsui in einem Atemzug mit Arai Hakuseki, Ogyū Sorai und Rai Sanyō genannt hätte.[13] Genau hier liegt der Grund, warum Berichte wie: der Kaiser Go-Mizunoo habe auf eine bestimmte Szene in Chikamatsus Stück «Das Pferdewappen in den acht Ostprovinzen» einen starken Einfluss ausgeübt, oder: Ogyū Sorai habe den *michiyuki*-Text aus «Doppelselbstmord von Sonezaki» in den höchsten Tönen gelobt,[14] als ganz ungewöhnliche, im höchsten Grad erstaunliche Fakten überliefert werden. Dass ein Takizawa Bakin[15] zu Lebzeiten sowohl selbst ein im Vergleich zu anderen Prosaisten gesteigertes Selbstbewusstsein gezeigt hat als auch von den Zeitgenossen mit einer Art Verehrung angesehen wurde, hat seinen Grund darin, dass seine Schriften durchwegs auf die Beförderung des Guten und Verhinderung des Schlechten (im Sinn der neokonfuzianistischen Tugendlehre) zielten und den Weg der Sittlichkeit und der fünf Tugenden[16] lehrten. Dies mag uns einen Hinweis darauf geben, wie die Romanschreiber im Allgemeinen eingestuft wurden.

Zwar wäre es nicht richtig, zu behaupten, dass in unserer Tradition eine Kunst, die die Liebe thematisiert, überhaupt nicht anerkannt wurde — tatsächlich bewunderte man sie im Stillen sehr und delektierte sich mit großem Vergnügen daran —, nach außen aber tat man möglichst so, als wisse man von nichts. Das war unsere Art der Zurückhaltung — eine auf stillschweigender Übereinkunft basierende gesellschaftliche Etikette. Deshalb mag man auch nicht ganz zu Unrecht sagen, die Leute aus dem Westen, die da Utamaro und Toyokuni[17] in Mengen außer Landes gebracht haben, hätten diese unsere schweigende Höflichkeit durchbrochen.

Nun werden aber wohl einige Leser Einspruch erheben: «Was ist denn mit der Heian-Zeit, die ja die Liebesthematik in der Literatur zur höchsten Blüte gebracht hat? Hat es nicht auch in unserer Literaturgeschichte eine solche Epoche gegeben? Es mag ja sein, dass die Romanschreiber der Tokugawa-Zeit mit Geringschätzung behandelt wurden. Aber was ist mit Dichtern wie Ariwara no Narihira und Dichterinnen wie Izumi Shikibu?[18] Und was mit den Verfassern der zahlreichen Liebesgeschichten seit der ‹Geschichte vom Prinzen Genji›[19]? Wie wurden denn sie und ihre Werke aufgenommen und behandelt?»

Nun, was den «Genji» betrifft, stößt man seit jeher auf die unterschiedlichsten Ansätze. Unter den Neokonfuzianisten gab es gelegentlich solche, die ihn als unzüchtiges Werk angriffen. Die nationalen Gelehrten hinwiederum sprachen ihn, als eine Art Bibel, beinahe heilig.[20] Sie behaupteten, aus dem Inhalt dieses Buches ließen sich die höchsten moralischen Grundsätze ableiten. Und schließlich kam es sogar dazu, dass einige die Verfasserin Murasaki Shikibu mit Sophisterei zum «Spiegel der weiblichen Tugend» stilisierten. Mochte es sich noch so sehr um Sophisterei handeln – man befürchtete jedenfalls, der Status des «Genji» als Literatur würde zunichtegemacht, wenn man nicht nach außen hin abstritt, dass er ein «Buch der Unzucht» sei, wenn man nicht auf Biegen und Brechen herausstrich, dass es sich um eine «moralische, lehrhafte Erzählung» handle. Eben darin äußert sich eine Art «Höflichkeit», jener den Menschen des Ostens eigene Hang, «den äußeren Schein zu wahren».

Damit will ich zur Ausgangsfrage zurückkehren und einige Betrachtungen über die Liebesliteratur der Heian-Zeit anstellen.

———

Vor langer Zeit lebte ein Hofbeamter, Vorsteher des Justizministeriums, namens Atsukane, ein Mann von seltener Hässlichkeit. Seine Gattin stach dagegen durch auserlesene Eleganz und Schönheit hervor, und sie grämte sich fortwährend, dass sie mit einem so abstoßenden Ehemann geschlagen war. Eines Tages begab sie sich an den Kaiserhof, um sich beim «Kosten des ersten Reises» die Tänze anzuschauen. Als sie die imponierenden Gestalten der Höflinge im voll besetzten Garten überblickte, der an diesem Tag festlich ausgeschmückt war, konnte sie keinen einzigen Mann entdecken, der von vergleichbarer Unansehnlichkeit gewesen wäre. Jeder für sich genommen bot einen prächtigen Anblick, und so wurde ihr der eigene Gatte ganz und gar zuwider. Als sie nach Hause zurückgekehrt war, wandte sie ihr Gesicht ab, sprach kein Wort, zog sich schließlich in die inneren Gemächer zurück und zeigte sich nicht mehr. Dem Atsukane kam das zwar seltsam vor, aber er konnte sich anfangs keinen Reim darauf machen. Als er dann eines Abends von seinen Amtsgeschäften zurückkehrte, brannte nicht nur kein Licht im Empfangsraum, es schien auch, dass sämtliche Dienerinnen die Flucht ergriffen hatten. Und als er seine Tracht ablegte, war niemand da, der sie ihm abgenommen und zusammengelegt hätte. Er schickte sich ins Unabänderliche, trat durch die Seitenpforte hinaus unter das Vordach, wo die Wagen vorfuhren, und setzte sich dort hin, einsam und in Gedanken versunken. Während nun die Nacht immer weiter voranschritt und er vom Glanz des Mondes und vom Flüstern des Windes ganz durchdrungen war, überkam ihn der Groll über das andauernde herzlose Verhalten der Frau. Wellen von Trostlosigkeit überrollten ihn, bis er sich endlich beruhigte, sein Hichiriki[21] hervorzog und immer von Neuem das Lied anstimmte:

Traurig ist's zu sehn
    wie am Bambushag
weiße Chrysanthemen
    welken und vergehn
Ist in gleicher Weise
    das Gefühl der Frau
die ich einst besuchte
    welk und dürr?

Die Frau hatte sich tief im Innern versteckt. Als sie aber dieses Lied hörte, wurde sie jäh von Mitgefühl erfasst, ließ Atsukane zu sich kommen, und danach, so heißt es, sei das Verhältnis der Ehegatten ein sehr inniges geworden.

Diese Erzählung steht im Band «Liebeslust» der allgemein bekannten «Sammlung von alten und neuen Geschichten»[22] und dürfte wohl aus der Kamakura-Zeit oder allenfalls vom Ende der Heian-Zeit stammen. Aber wie auch immer, da das Leben des Adels im damaligen Kyōto noch weitgehend von den höfischen Sitten und Bräuchen der Heian-Zeit geprägt war, so darf man dies wohl als repräsentative Szenerie Heian-zeitlicher Liebesbeziehungen ansehen.

Was ich daran merkwürdig finde, ist die Stellung von Mann und Frau. Der Autor der «Sammlung von alten und neuen Geschichten» schließt im Original mit dem Satz: «Von da an, heißt es, sei das Verhältnis ein sehr inniges geworden. Die Gattin hatte wahrhaft einen edlen Sinn.» Demnach wird weder die Treulosigkeit der Frau angeprangert noch der Kleinmut des Mannes verspottet, sondern die Geschichte wird einfach als rührendes Exempel einer ehelichen Beziehung weitergegeben. Das alles entsprach offenbar dem alltäglichen und selbstverständlichen Verhalten in der Adelsschicht der Heian-Zeit.

Die Frau, die sich ja wohl mit dem Mann trotz seiner Hässlichkeit zusammengetan hatte, zeigt ihm nun plötzlich ohne besonderen Anlass die kalte Schulter. Der Mann aber, weit davon entfernt, sich deswegen von ihr abzuwenden, steht draußen vor ihrem Gemach, stimmt ein Lied an und gibt seinem Kummer Ausdruck. Und der Frau, die ihn daraufhin erhört, wird ein «wahrhaft edler Sinn» attestiert. Das ist nicht etwa eine westliche Liebesszene, sondern tatsächlich ein Vorfall aus der höfischen Zeit Japans. Da lesen wir also, Atsukane habe «sein Hichiriki hervorgezogen» und zum Lied passend darauf gespielt. Man fragt sich, ob denn die Adligen zu jener Zeit ständig solche Instrumente mit sich herumgetragen haben. Jedes Mal wenn ich in der «Sammlung von alten und neuen Geschichten» diesen Abschnitt lese, muss ich an die Anfangsszene des Puppentheaterstücks «Das Wunder vom Tsubosaka-Tempel» denken, wo der blinde Sawaichi für sich allein die Ballade «Tau auf Chrysanthemen» singt, während er sich auf dem Shamisen begleitet.[23]

Vogelgezwitscher, Glockenschläge
tief empfundene
Deiner zu gedenken mit Tränen
die fallen, die fließen
im Strom der Liebe
kein Nachen mehr, kein Ruderschlag
wertlose Welt, voll Bitterkeit
zieht sich die Zeit hin

(Zwischenspiel. Ni-agari, Höherstimmung der 2. Saite)
Nur nicht dran denken!
Sich treffen heißt Abschied nehmen
im Garten kleine Chrysanthemen
lieblich ihr Name, der Tag
vergeht in ihrer Betrachtung
doch Nacht für Nacht, wie vergänglich
der Tau, der sich auf sie legt
und nun im Herbstwind erschauert der Leib

Sawaichi begnügt sich im Theaterstück zwar mit dem ersten Teil dieses Liedes, der in der Grundstimmung des Shamisen gehalten ist. Dennoch ergibt sich eine Gemeinsamkeit mit Atsukane, insofern auch dieser durch das Lied seine Gefühle auf die Chrysanthemen projiziert. Seit alters scheute man sich in Ōsaka vor dem Singen dieses Liedes, weil es als Zeichen dafür galt, dass eine Beziehung in die Brüche ging. Wie dem auch sei, da der Text dieses Dramas der Gattin von Toyozawa Danpei zuzuschreiben ist, kommt darin, wie kaum anders zu erwarten, die weibliche Sanftmut zum Ausdruck. Sawaichi ist freilich von allem Anfang an wegen seiner Behinderung eine bemitleidenswerte Person und befindet sich deshalb in einer ganz anderen Situation als Atsukane. Darüber hinaus besteht auch zwischen den Frauen, der Gemahlin Atsukanes und Osato, der Frau Sawaichis, ein himmelweiter Unterschied. Im Grunde genommen ist gerade eine Frau wie

Osato von «wahrhaft edlem Sinn» und deshalb diese Geschichte ein «rührendes Exempel einer ehelichen Beziehung». Wenn man nämlich den Fall Atsukanes vom Standpunkt einer späteren Epoche aus betrachtet – einer Zeit, als sich die politischen und erzieherischen Konzepte des Samurai-Standes[24] allgemein ausgebreitet hatten –, dann steht die Unschicklichkeit des Verhaltens seiner Gemahlin außer Frage, und ein Gatte von der Art Atsukanes ist im Sinne der Männlichkeit eine unmögliche Figur. Man kann sich leicht vorstellen, dass er als Schande für das männliche Geschlecht geschnitten worden wäre. In einem solchen Fall hätte sich ein Samurai aus der Nach-Kamakura-Zeit die Frau entweder ohne Zögern aus dem Sinn geschlagen, oder er wäre, wenn er das nicht über sich gebracht hätte, sogleich bei ihr eingedrungen und hätte sie bestraft. Und es entspricht auch unserer normalen psychischen Verfassung, dass die Frauen im Großen und Ganzen einen solchen Mann höher einschätzen, und dass ihm, wenn er wie Atsukane ein so weichliches Benehmen an den Tag legt, nur umso stärkere Abneigung entgegenschlägt. Die Tokugawa-Zeit steht also, was die Popularität von Liebesliteratur angeht, der Heian-Zeit diametral gegenüber, und auch wenn man sich probeweise einmal auf die Dramatik nach Chikamatsu beschränkt, so fällt einem kein Beispiel eines ähnlich rückgratlosen Charakters wie Atsukane ein. Sollte es selten einmal einen ähnlichen Fall geben, dann wird er mit Komik behandelt; dass er als rührendes Exempel hingestellt würde, ist kaum denkbar. Man pflegt die Verhältnisse der Ära Genroku als höchst dekadent und verweichlicht darzustellen, aber die damaligen Lebemänner waren halsstarriger, draufgängerischer und blutrünstiger, als man denken würde. Nicht zu reden von Charakteren wie Sōshichi aus dem Stück «Die Kurtisane aus Hakata» oder Yohei aus «Der Frauenmörder und die Ölhölle»[25], selbst die Liebhaber, die in den bürgerlichen Stücken mit Doppelselbstmord[26] auftreten, werden oft in Tätlichkeiten und Blutvergießen verwickelt und sind keine Schwächlinge wie die Adligen der höfischen Epoche. Erst recht sind in der späteren Tokugawa-Zeit – wenn wir uns nach Edo begeben, wo auch die Frauen auf Willensstärke zu pochen beginnen – selbstverständlich Männer gefragt, die diesem Männlichkeitsideal entsprechen. Fragen wir nach Frauenhelden, die im Theater von Edo auftreten, so finden sich entweder viele Haudegen im Stile des Ōguchiya Gyōu oder flegelhafte Halbstarke wie Kataoka Naojirō[27].

Die Beziehung zwischen Mann und Frau in der Heian-Literatur unterscheidet sich also meinem Eindruck nach in diesem Punkt ziemlich stark von der Literatur der übrigen Epochen. Man mag einen Mann vom Schlag Atsukanes als rückgratlos bezeichnen, doch von einer anderen Warte aus gesehen, haben wir es hier mit dem Geist der Frauenverehrung zu tun. Diese Denkart betrachtet die Frau nicht als tiefer stehendes Wesen, dem man sich von oben herab zärtlich zuwendet, sondern hält es für angemessen, zu ihr aufzuschauen und vor ihr niederzuknien. Im Westen kommt es immer wieder vor, dass Männer eine heilige Mutter Maria in ihre Geliebten hineinprojizieren oder sich die Gestalt des «Ewig-Weiblichen» vor Augen führen. Dem Osten jedoch ist diese Idee ursprünglich fremd. «An einer Frau hängen» wird als das pure Gegenteil von «Männlichkeit» empfunden, und in der Regel ist der Begriff des «Weiblichen» am weitesten entfernt von allem, was mit Reinheit, Würde, Erhabenheit und Ewigkeit assoziiert wird. Doch im Lebensumkreis der Adligen zur Heian-Zeit ist es so, dass die Frauen eine zwar nicht gerade beherrschende Stellung einnehmen, aber doch Freiheiten im gleichen Maße wie die Männer genießen. Die Haltung der Männer gegenüber den Frauen ist nicht despotisch wie in späteren Zeiten, sondern ausgesucht höflich und sanft, und gelegentlich wird dies als das Schönste und Edelste auf dieser Welt hingestellt. In der «Erzählung vom Bambussammler»[28] zum Beispiel entschwindet die Prinzessin Kaguya am Schluss in himmlische Gefilde. Zu einem solchen gedanklichen Höhenflug hätten wohl die Menschen späterer Zeiten nicht angesetzt. Schon nur sich eine Szenerie auszumalen, in der Frauen des Kabuki oder des Bunraku-Puppentheaters in ihren entsprechenden Kostümen zum Himmel aufsteigen, dürfte außerhalb unseres Vorstellungsvermögens liegen. Koharu oder Umekawa[29] mögen zwar reizende Geschöpfe sein, aber letzten Endes sind es doch nur Frauen, die vor den Männern weinend niedersinken.

Die «Sammlung von alten und neuen Geschichten» hat in mir die Erinnerung wachgerufen an einen Bericht aus dem neunundzwanzigsten Band der «Erzählungen aus jetzt vergangenen Zeiten»[30]. Er trägt den Titel «Wie sich eine unbekannte Frau als Räuberin betätigt» und bietet ein in Japan ungewöhnliches Beispiel für weiblichen Sadismus. Vermutlich handelt es sich um eines der ältesten, höchst seltenen östlichen Zeugnisse über sexuell begründete Flagellation[31].

«Tagsüber war wie immer niemand sonst im Haus. Da sagte die Frau: ‹Nun also!› und führte den Mann nach hinten in ein anderes Gebäude. Dort zog sie einen Strick um seine Haare und befestigte sie an einem Pfahl, sodass sein Rücken sich nach hinten bog. Die angewinkelten Beine wurden ebenfalls festgebunden. Danach setzte sich die Frau eine Höflingsmütze auf, kleidete sich in eine formelle Tracht mit *hakama*[32], entblößte die eine Schulter, griff zur Peitsche und zog ihm achtzig heftige Schläge über den Rücken. Auf ihre Frage: ‹Nun, tut es weh?› antwortete er: ‹Es ist nicht der Rede wert!› – ‹Gut so!›, freute sie sich, rührte einen Trank mit heilender Erde an und gab ihm schmackhaften Essig zur Labung. Sie reinigte den Boden und hieß ihn, sich niederzulegen. Nach einer gewissen Zeit forderte sie ihn auf, sich zu erheben, und sobald er sich erholt hatte, versorgte sie ihn mit noch besseren Speisen als sonst. Sie kümmerte sich sorgfältig um ihn, und als nach drei Tagen die Striemen einigermaßen abgeheilt waren, führte sie ihn wieder an denselben Ort wie zuvor, band ihn in gleicher Weise an den Pfahl und peitschte ihn erneut auf dieselben Stellen, sodass die früheren Striemen zu bluten anfingen und das Fleisch aufplatzte. Ungeachtet dessen schlug sie ihn wieder achtzig Mal. Wiederum fragte sie: ‹Ist es zu ertragen?› Und als er, ohne das Gesicht zu verziehen, antwortete: ‹Ja, es ist erträglich›, zeigte sie noch größere Genugtuung als das erste Mal und pflegte ihn mit Hingabe. Wieder vier, fünf Tage später peitschte sie ihn auf gleiche Weise, und als er nochmals sagte: ‹Ja, es ist erträglich›, drehte sie ihn um und schlug ihn auch auf den Bauch. Aber selbst jetzt sagte er wieder: ‹Ach, es ist nichts dabei.› Da geriet sie in höchstes Entzücken und lobte ihn.»

So weit also diese Erzählung. Auch in späteren Zeiten trifft man zwar auf allerhand Furien und grausame, verbrecherische Weiber, aber Beispiele für eine solche sadistisch veranlagte Frau, besonders eine, die sich am Auspeitschen von Männern erfreut, dürften selbst in den fantastischen *kusaẓōshi*[33] kaum zu finden sein.

Gewiss, das ist ein ziemlich extremes Beispiel. Aber es scheint mir, die Frauen der Heian-Epoche nehmen, wie im Fall von Atsukane oder dieser Räuberin, den Männern gegenüber bisweilen eine überlegene Position ein, und die Männer ihrerseits sind den Frauen gegenüber sehr zuvorkommend. Dass Sei Shōnagon[34] am Kaiserhof nicht selten Männer gedemütigt oder ihnen den Mund gestopft hat, ist aus ihrem «Kopfkissenbuch» zu ersehen, und wenn man Tagebücher, Erzählungen oder Gedichtwechsel jener Zeit liest, dann erfährt man, wie Frauen sehr oft von den Männern verehrt wurden, oder wie Männer in gewissen Fällen sogar eine bittende, flehende Haltung einnahmen. Keineswegs hatten sie sich nach dem Willen der Männer zu richten oder wurden mit Füßen getreten wie in späteren Jahrhunderten.

Der Held in der «Geschichte vom Prinzen Genji» besaß zahlreiche Haupt- und Nebenfrauen. Deshalb sieht es der Form nach so aus, als hätte Genji die Frauen wie Spielzeug behandelt. Aber aufgrund des damaligen Gesellschaftssystems die Frau als «Besitz des Mannes» zu behandeln und andererseits auf der Gefühlsebene «zu verehren» war keineswegs ein Widerspruch in sich selbst. Es gibt ja wohl Wertgegenstände, die man in Ehren hält, auch wenn sie ein Teil des persönlichen Vermögens sind. Die Buddhastatue, die man im eigenen Hausaltar aufstellt, gehört ohne Zweifel zum persönlichen Besitz. Dennoch lassen sich die Leute davor auf die Knie nieder, legen die Hände zusammen und fürchten, dass sie Strafe auf sich zögen, falls sie ihre Verehrungspflichten vernachlässigten. Was ich hier anspreche, ist eben gerade nicht die Stellung der Frau aufgrund von wirtschaftlichen und gesellschaftlichen Strukturen, sondern das Phänomen, dass der Mann im Bild der Frau «etwas über sich selbst Hinausgehendes», «etwas Edleres» wahrnimmt. Das Gefühl der Sehnsucht, das der Leuchtende Prinz Genji gegenüber Fujitsubo empfand, war, so kann man es leicht erahnen, von dieser Art, auch wenn das nicht ausdrücklich in Worte gekleidet wird.

29

Im Rittertum des Westens sind Loyalität und Hochachtung der Ritter ganz auf die Frau gerichtet. Durch die Verehrung der Frau fühlten sich die Kämpfer und Helden emporgezogen, erhöht, angespornt und ermutigt. Männlichkeit und Idealisierung der Frau befanden sich in voller Übereinstimmung. Selbst bis in die moderne Zeit hinein blieb diese Sitte erhalten. Beziehungen wie zwischen Lady Hamilton und Nelson oder John Stuart Mill und seiner Gattin[35] haben im Osten, so darf man wohl behaupten, nicht die geringste Entsprechung.

Wie war es möglich, dass in Japan die Frauen herabgesetzt und gleichsam als Sklavinnen betrachtet wurden, nachdem der Kriegerstand die politische Macht errungen und der *bushidō*, der Weg des Kriegers,[36] sich etabliert hatte? Warum nur konnte es dazu kommen, dass Zartheit gegenüber dem weiblichen Geschlecht als «nicht mit dem Samurai-Stand vereinbar», sondern als Zeichen der Verweichlichung angesehen wurde? Das ist zwar eine hochinteressante Frage. Doch wenn wir mit derartigen Nachforschungen beginnen wollten, würde sich die Sache in die Länge ziehen, und ich gehe davon aus, dass sich ohnehin später eine Gelegenheit für solche Erörterungen ergeben wird. Deshalb lasse ich das Thema hier auf sich beruhen. Sicher aber ist: Unter den neuen Verhältnissen in Japan konnte man nicht erwarten, dass sich eine anspruchsvolle Liebesliteratur herausbilden würde. Gewiss dürften die Werke eines Ihara Saikaku oder eines Chikamatsu

Monzaemon in mancher Hinsicht kaum hinter vergleichbaren westlichen Werken zurückstehen. Aber ehrlich gesagt, die Werke aus der Tokugawa-Zeit über das Thema Liebe mögen noch so genial angelegt sein, sie sind eben alles in allem doch nur literarische Äußerungen des Bürgerstandes und in diesem Sinn von «niederer Tonlage» – was kaum anders zu erwarten ist, weil ja die Bürger selbst die Frauen und daher auch Liebesangelegenheiten gering geschätzt haben. Wie hätten sie unter solchen Umständen eine herausragende Liebesliteratur hervorbringen sollen? Wird nicht im Westen von Dantes «Göttlicher Komödie» gesagt, sie sei aus der ersten Liebe dieses Dichters zu Beatrice heraus entstanden? Und selbst wenn in den Werken Goethes, Tolstois oder all derjenigen, die als Vorbilder von Generationen gelten, oft sittlich eher zweifelhafte Szenen wie Ehebruch oder Selbstmord aus Liebeskummer ausgemalt werden, so lässt sich doch die Literatur unserer Genroku-Zeit nicht der hohen Tonlage ihrer Werke zur Seite stellen.

Die westliche Literatur hat ohne Zweifel die unterschiedlichsten Einflüsse auf uns ausgeübt, doch eine der wichtigsten Einwirkungen sehe ich in der «Befreiung der Liebe», oder, noch einen Schritt weiter, in der «Befreiung der Sexualität». Die Schriften der Ken'yūsha-Gruppe[37] aus der Mitte der Meiji-Zeit sind noch zum guten Teil vom Geist der *gesaku*-Autoren[38] aus der Tokugawa-Zeit geprägt. Als aber danach neue literarische Bewegungen um die Zeitschriften «Bungakukai» und «Myōjō» aufkamen und sich schließlich der Naturalismus durchsetzte,[39] haben wir vollständig die Zurückhaltung unserer Vorfahren, welche auf Liebe und Sexualität geringschätzig herabblickten, vergessen und den früher geltenden Schicklichkeitsbegriff über Bord geworfen. Vergleichen wir nur einmal probeweise die Werke eines Ozaki Kōyō[40] mit den Werken des nach Ozaki als Großschriftsteller hervorgetretenen Natsume Sōseki, so wird uns der gewaltige Unterschied in der Behandlung der Frauenfiguren bewusst. Obwohl einer der wenigen Spezialisten für englische Literatur, tritt Sōseki keineswegs als modisch-eleganter Weltmann auf, sondern entspricht eher dem östlichen Literatentyp. Dennoch ist seine Darstellung von Frauen in Romanen wie «Sanshirō» oder «Klatschmohn»[41] von einer Art, wie sie bei Ozaki Kōyō schlechterdings nicht erwartet werden kann. Dieser Unterschied ist nicht so sehr individuell bedingt als vielmehr eine Folge des Zeitgeistes.

Die Literatur ist ein Spiegel der Zeit, aber zugleich dieser Zeit auch um einen Schritt voraus. Sie deutet oft die Richtung an, in die sie sich entwickeln will. Die

weiblichen Hauptfiguren in «Sanshirō» und «Klatschmohn» sind mitnichten Enkelinnen der altjapanischen
Frau, welche Sanftheit und bescheidene Anmut zu
ihrem Ideal erhoben hatte. Sie entsprechen meinem
Empfinden nach eher weiblichen Figuren, wie sie in
westlichen Romanen in Erscheinung treten. Auch
wenn damals nicht viele solche Frauen tatsächlich exis-
tierten, so wünschte und erträumte die Gesellschaft
das baldige Auftreten sogenannter «Frauen mit Selbstbewusstsein». Ich denke, die jungen Männer, die in der
gleichen Zeit wie ich geboren wurden und die gleich
mir literarische Aspirationen hegten, trugen wohl damals mehr oder weniger alle diesen Traum in sich.

Jedoch, Traum und Wirklichkeit kommen nicht
so leicht zur Deckung. Um die in jahrhundertealten
Traditionen befangenen japanischen Frauen auf dieselbe Stufe wie ihre westlichen Geschlechtsgenos-
sinnen emporzuheben, braucht es sowohl in geisti-
ger wie in körperlicher Hinsicht eine Einübung und
Konditionierung über mehrere Generationen. Völlig
ausgeschlossen, dass dies im Verlauf einer einzigen,
unserer Generation zu schaffen ist. Kurz gesagt geht
es vor allem um Schönheit der Figur, Schönheit des
Ausdrucks, Schönheit des Gangs im westlichen Stil.
Um sich geistige Überlegenheit aneignen zu können,
müssen die Frauen selbstverständlich zuerst mit dem
Körper beginnen. Man denke nur an die weit zurück-
liegende griechische Kultur der nackten Körperschön-

heit im Westen und an die bis heute in europäischen und amerikanischen Städten überall entlang den Straßen aufgestellten Statuen von Göttinnen aus der Mythologie. So ergibt es sich von selbst, dass Frauen, die in solchen Ländern und Städten aufwachsen, einem solchen ausbalancierten, gesunden Körperideal nachstreben. Und damit unsere Frauen eine ebenbürtige Schönheit erreichen, müssen auch wir uns dieselben Mythen aneignen, müssen zu ihren Göttinnen als zu unseren Göttinnen aufschauen, müssen ihre mehrere Jahrtausende zurückreichende Kunst in unser Land übernehmen und sie hier einpflanzen. Jetzt kann ich es ja offen bekennen: Auch ich war einer von denen, die in ihrer Jugendzeit solchen maßlos unvernünftigen Träumen nachhingen und die — obwohl es ja klar ist, dass sich solche Träume nicht so einfach verwirklichen lassen — darüber in ein Gefühl unsäglicher Einsamkeit verfielen.

———

Das ist, was ich heute denke: Wie es eine «Sublimität des Geistes» gibt, so gibt es auch eine «Sublimität des Körpers». Unter den japanischen Frauen finden sich nur sehr wenige, die einen solchen Körper besitzen. Und wenn es sie gibt, ist dieser Zustand von sehr beschränkter Dauer. Das Durchschnittsalter, bis zu dem westliche Frauen den Zenit der weiblichen Schönheit erreichen und diese Schönheit behalten, liegt bei einunddreißig, zweiunddreißig Jahren. Das heißt, der Zustand dauert auch über die Heirat hinaus jahrelang an. In Japan dagegen trifft man nur selten auf Schönheiten, vor denen man sich verneigen möchte, und dann sind sie in noch jungfräulichem Alter von achtzehn, neunzehn, höchstens vierundzwanzig, fünfundzwanzig Jahren. In vielen Fällen erlischt ihre Schönheit wie ein Phantom, sobald sie die Ehe eingehen. Gelegentlich hört man etwa von der Gemahlin eines Herrn XY, dass sie als Schönheit einen hohen Ruf genieße, oder man hört von der ungemein eleganten Erscheinung einer Schauspielerin oder einer Geisha. Aber solche Schönheiten existieren meistens nur auf dem Umschlag von Frauenzeitschriften. Tritt man ihnen in der Wirklichkeit gegenüber, haben sie eine schlaffe Haut, ihr Gesicht ist rau vom vielen Schminken und zeigt schwärzliche Flecken, unter den Augen zeichnen sich Spuren von Müdigkeit ab, die auf die Anstrengungen im Haushalt oder auf übermäßigen Einsatz bei den ehelichen Pflichten zurückzuführen sind. Unter ihnen lässt sich so gut wie keine einzige Person finden, welche die im jungfräulichen Alter gewölbten schneeweißen Brüste und die fast berstenden Hüftrundungen bewahrt hätte. Als Beweis dafür kann gelten, dass selbst Frauen, die in jungen Jahren mit Vorliebe westliche Kleider getragen haben, diese nicht mehr anziehen können, wenn sie in die Dreißiger kommen, weil sich die Fleischpolster auf den Schultern zurückgebildet haben und der Hüftbereich seltsam abgemagert und hinfällig erscheint. Das heißt, die Schönheit solcher Frauen wird durch die geschickte Verhüllung im japanischen Kimono und durch meisterhaftes Schminken vorgetäuscht. Sie mögen zwar noch einen verhaltenen Liebreiz ausstrahlen. Aber es mangelt ihnen an jener wahrhaft sublimen Schönheit, welche die Männer zum Niederknien veranlasst.

Aus diesen Gründen mag es zwar im Westen den Typus der «heiligen Hure» oder der «lüsternen treuen Gattin» geben, in Japan dagegen nicht. Wenn japanische Frauen einem liederlichen Lebenswandel frönen, verlieren sie gleichzeitig ihre jungfräuliche, gesunde Jugendlichkeit und Anmut, ihr Teint verschlechtert sich, ihre Figur verfällt, und sie verkommen zur gemeinen Dirne, die sich in nichts von einer Prostituierten unterscheidet.

Es muss wohl Tokugawa Ieyasu[42] gewesen sein, der gesagt hat: Die Ehefrau sollte nicht zu lange im Bett des Gatten liegen bleiben. Nach dem Beischlaf sollte sie sich möglichst rasch auf ihr eigenes Lager zurückziehen. Das ist das Geheimnis, wie man sich die Liebe des Gatten lang erhält. – Etwas in diesem Sinn habe ich einmal in irgendeinem Frauenratgeber gelesen. Dieser Ratschlag zeugt von einer gewieften Kenntnis des japanischen Charakters, der alles Übertriebene und Zudringliche nicht leiden kann. Dass sogar ein Mann wie Ieyasu mit seiner außergewöhnlichen körperlichen Konstitution und seiner Geisteskraft sich zu einer solchen Aussage herabgelassen hat, ist erstaunlich und kommt mir fast ein bisschen unglaublich vor.

Vor einiger Zeit habe ich in der Zeitschrift «Chūō Kōron» eine Erzählung aus der Muromachi-Epoche vorgestellt, «Die drei Mönche»[43] – vielleicht erinnert sich der eine oder andere Leser daran. Darin gibt es einen Abschnitt, wo ein Samurai namens Kasuya, ein Gefolgsmann des Shōguns Ashikaga Takauji, heimlich im Palast eine hochgestellte Dame erspäht und sogleich vor lauter leidenschaftlicher Liebe krank wird. Nun scheint es, dass auch in der frühen Muromachi-Zeit selbst unter den Samurai noch die galanten Sitten der höfischen Epoche nachwirkten. Jedenfalls kam die Sache Takauji zu Ohren. Da schrieb der Shōgun höchstpersönlich einen Brief, um für seinen Vasallen zu vermitteln, und ließ ihn durch einen Samurai namens Sasaki in die Residenz bringen.

«‹Ach, das ist eine Kleinigkeit›, sprach der Shōgun, legte die ganze Angelegenheit in einem Brief an den Nijō-Palast dar und schickte den Sasaki als Boten dorthin.» Dies sind Kasuyas eigene Worte, mit denen er in der Erzählung die näheren Umstände berichtet. «Die Antwort aus dem Palast lautete, es handle sich um die Dame Onoe. Es gehe freilich nicht an, dass sie sich ins Haus eines Niedrigstehenden begebe. Der Betreffende möge sich selbst herbemühen. Diesen Bescheid überbrachte man mir nach Hause. Ich stand so tief in der Schuld des Shōguns, dass sie mit nichts zu begleichen war. Da sagte ich mir: Was für eine eitle, leere Welt ist das doch! Selbst wenn ich mich mit Frau Onoe treffen kann, so bleibt es doch nur eine traumhafte Verbindung für eine Nacht. Sollte mir nicht gerade dies ein Anlass sein, der Welt zu entsagen? Andrerseits dachte ich wiederum: Wenn ich, Kasuya, eine Dame aus dem Nijō-Palast liebe und sogar die Vermittlung des Shōguns in Anspruch genommen habe, wäre es dann nicht eine lebenslange Schmach, wenn ich aus lauter Feigheit die Dame nicht träfe und gleich in den Mönchsstand träte? Wenigstens eine Nacht will ich mit ihr verbringen, und danach mag geschehen, was will …»

Mit diesen Worten also beichtet Kasuya seine damalige Gemütslage.

Die Dame mochte ja aus der Sicht eines untergeordneten Vasallen von hoher adliger Abkunft sein. Dennoch verrät es eine ziemlich abnormale Geistesverfassung, wenn ein gestandener Samurai – einer, der aus lauter Liebesleidenschaft krank geworden ist und nun endlich, durch das Wohlwollen seines Lehnsherrn kurz vor dem Ziel, von himmelhoch jauchzender Freude beflügelt sein könnte – zwar anerkennt, er stehe «tief in der Schuld des Shōguns», aber danach gleich fortfährt: «Was für eine eitle, leere Welt ist das doch! Selbst wenn ich mich mit Frau Onoe treffen kann, so bleibt es doch nur eine traumhafte Verbindung für eine Nacht. Sollte mir nicht gerade dies ein Anlass sein, der Welt zu entsagen?» Ein solches Verhalten wäre schon in der Adelsgesellschaft der Heian-Zeit höchst ausgefallen gewesen; aber ist es nicht noch um einen Grad erstaunlicher bei einem Vasallen des Shōguns, einem Krieger aus stürmischen Zeiten, der sich mehr als einmal auf dem Schlachtfeld getummelt haben dürfte?

Ich erinnere mich, irgendwann einmal ein westliches Sprichwort von der Art «Lieber ein Spatz in der Hand als eine Taube auf dem Dach» gelesen zu haben. In diesem Sinne erblickt der Samurai eine Blüte auf hohem Gipfel, die völlig außerhalb seiner Reichweite liegt. Und nachdem sie ihm gänzlich unerwartet zufallen soll, sagt er, noch vor der Verwirklichung dieser freudigen Aussicht, im Augenblick, da er sozusagen von den Ahnungen kommenden Glücks überflutet wird: «Was für eine eitle, leere Welt ist das doch!» und fasst bereits den Entschluss zur Weltflucht. Mit dem Einwand: «Wäre es dann nicht eine lebenslange Schmach, wenn ich aus lauter Feigheit die Dame nicht träfe und gleich in den Mönchsstand träte?» besinnt er sich zwar eines Besseren. Aber er ist weit davon entfernt, das, was er bekommen hat, nicht mehr aus den Händen zu lassen und die Freuden bis zum letzten Tropfen auszuschöpfen. Vielmehr macht er sich auf den Weg zur Geliebten mit den Worten: «Wenigstens eine Nacht will ich mit ihr verbringen, und danach mag geschehen, was will.» Wahrhaftig, eine solche Psychologie findet sich nur bei Japanern. Bei Menschen aus dem Westen und vermutlich auch aus China ist sie kaum denkbar.

———

Die vorhin erwähnte Belehrung Tokugawa Ieyasus lässt sich vielleicht nicht im Fall ungewöhnlicher Liebesverhältnisse oder plötzlich aufflammender Leidenschaften beherzigen. Aber zumindest für Menschen, die ein normales Eheleben führen, ist das ein durchaus angemessener Ratschlag. Und jedermann, vielleicht die Männer stärker als die Frauen, wird ihn, sofern es sich um Japaner handelt, als zutreffend empfinden. Auch mir hat sich dieser Gedanke immer wieder aufgedrängt, sei es in der Beziehung mit der eigenen Frau oder mit einer Geliebten – direkt nach dem Zusammensein möchte man Distanz wahren, zumindest zwei, drei Minuten, manchmal jedoch einen ganzen Abend, eine Woche oder gar einen Monat lang. Wenn ich mein

Liebesleben in der Vergangenheit überblicke, so hat es kaum je eine «Partnerin» oder einen «Fall» gegeben, wo ich es nicht so empfunden hätte.

Man könnte wohl unterschiedliche Gründe dafür nennen, aber tatsächlich ermüden japanische Männer bei dieser Betätigung vergleichsweise rasch. Diese schnelle Ermüdung wirkt sich auf die Nerven aus und hinterlässt ein Gefühl, als hätte man irgendetwas Schmähliches getan; sie verdüstert das Gemüt und versetzt es in Passivität. Vielleicht ist es aber auch so, dass die überlieferte Auffassung, wonach Liebe und Sex etwas Minderwertiges seien, sich in unsere Köpfe einschleicht, uns in eine trübselige Stimmung versetzt und sich wiederum auf die körperliche Verfassung auswirkt. Wie auch immer, jedenfalls sind wir in Bezug auf das Liebesleben eine relativ unbedarfte, einer überbordenden Sinnlichkeit nicht gewachsene Spezies. Dieser Sachverhalt wird auch bestätigt, wenn man sich bei Prostituierten in den Hafenbezirken von Yokohama oder Kōbe umhört. Ihre Aussagen gehen dahin, dass im Vergleich zu Ausländern die Bedürfnisse der Japaner in dieser Hinsicht weit geringer seien.

Das möchte ich nun allerdings nicht einer allgemein schwächeren Körperkonstitution auf unserer Seite zuschreiben. Selbst wenn wir von jetzt an im großen Stil Sport betrieben – (ich merke es bei dieser Gelegenheit an: Die Vorliebe der Westler für Sport hängt ohne Zweifel eng mit ihrem Geschlechtsleben zusammen, in demselben Sinn wie man zuerst Hunger entwickeln muss, um sich danach mit Leckereien satt essen zu können) –, selbst wenn wir also irgendwann einmal ebenfalls einen entsprechend kräftigen Körper entwickelten, so zweifle ich dennoch daran, ob wir es je zu solcher Opulenz bringen werden wie sie. Aufs Ganze gesehen, sind wir ein ziemlich aktiver, tatkräftiger Menschenschlag. Das zeigt sich deutlich, sowohl wenn wir einen Blick auf unsere Geschichte werfen, wie auch wenn wir den gegenwärtigen Zustand unseres Landes in Betracht ziehen. Verhält es sich nicht eher so, dass unser reduzierter sexueller Appetit weniger unserer körperlichen Verfassung zuzuschreiben ist als vielmehr den Beschränkungen, die uns unser Klima, unsere Lebensart, unsere Essgewohnheiten, unsere Wohnverhältnisse auferlegen?

Das bringt mich auf Folgendes: Bei Leuten aus dem Westen nimmt, wenn sie sich lange in Japan aufhalten, allmählich die Konzentrationsfähigkeit ab, ihr Körper wird träge und schlaff, bis sie schließlich nicht mehr imstande sind, ihren Geschäften nachzugehen. Deshalb nehmen sie etwa alle vier Jahre Urlaub, kehren in ihr Land zurück, verbringen ein halbes oder ein ganzes Jahr zu Hause und kommen dann wieder nach Japan. Leute, die sich das zeitlich nicht leisten können, ziehen zumindest innerhalb Japans an einen Ort um, dessen Klima in etwa dem europäisch-amerikanischen entspricht. Es heißt, der Höhenort Karuizawa in der Präfektur Nagano habe sich ausschließlich aus diesem Grund entwickelt – so feucht ist überall sonst das japanische Klima im Vergleich zum Westen. Auch wir selbst leiden ja oft nach Anbruch der Regenzeit an Nervenschwäche, bewegen unsere Glieder nur mühsam, und so mag es zutreffen, dass Menschen, die aus Ländern mit trockenem Klima stammen, das ganze Jahr über das Gefühl haben, der Regenzeit ausgesetzt zu sein. Natürlich gibt es auf der Welt viele Orte, die noch feuchter sind als Japan. Ein befreundeter Geschäftsmann, der sich als Firmenvertreter lange im indischen Bombay aufhielt, bemerkte, als er einmal gerade in Japan weilte: «Ach, das ganze Jahr über ist es so feuchtheiß, dass alles klebt – einfach unerträglich! Falls ich wieder an einen solchen Ort geschickt werden sollte, wäre es wohl besser, die Anstellung aufzugeben.» Auf meinen Einwand: «Du kannst doch immerhin von Zeit zu Zeit nach Hause kommen» erwiderte er: «Gerade mal alle vier Jahre, das ist nicht auszuhalten. Wohne nur einmal selber für längere Zeit dort. Man verdummt allmählich, und es kommt einem vor, als verfaule man nach und nach am ganzen Leib, bis ins Mark hinein. Niemand geht gerne dorthin, seien es Japaner oder Westler.» Am Ende hat er sich wirklich aus seiner Firma verabschiedet. So gesehen finden sich wohl tatsächlich unter den vielen hier ansässigen Ausländern ebenfalls solche, die ihrer Versetzung nach Japan mit den gleichen Gefühlen begegnen wie die Japaner ihrer Abordnung nach Bombay.

Ich weiß zwar nicht, wie sich ein allzu trockenes Klima auf die Gesundheit auswirkt, aber jedenfalls regeneriert sich der ermüdete Körper, und der Geist hellt sich wieder auf, sobald man nach allzu opulenten Genüssen – nicht nur sexueller Art, sondern zum Beispiel auch nach der Völlerei mit fettigen Speisen und viel Alkohol – in die herrlich frische, den Blutandrang im Kopf senkende Luft hinaustritt und in den wunderbar wolkenlosen Himmel hinaufblickt. In Ländern mit hoher Luftfeuchtigkeit dagegen regnet es häufig, den blauen Himmel bekommt man eher selten zu Gesicht, und in Japan ist, vielleicht wegen der Insellage, selbst im Winter die Luft stickig, sofern wir es nicht mit weit von der Küste entfernten, hoch gelegenen Gebieten zu tun haben. An Tagen mit Südwind überzieht sich das Gesicht wegen des drückenden Meerwinds mit glänzendem Schweiß, und dazu stellt sich oft auch noch Kopfweh ein. Da ich kein großer Reisender bin, möchte ich mich nicht zu sehr festlegen lassen, aber wenn man mit Blick auf Japan Gegenden benennen will, die vergleichsweise niederschlagsarm, warm und trocken, zudem nicht allzu abgelegen und gut erschlossen sind, so lassen sich vor allem der Landstrich am Fuß des Bergs Rokkō, wo ich gegenwärtig wohne, und der Küstenabschnitt zwischen Numazu und Shizuoka hervorheben. Bis vor einiger Zeit haben die Ärzte schwachen Patienten geraten, ihre Wohnung an die Küste zu verlegen, und es war Mode, sich von Tōkyō aus ins Shōnan-Gebiet und von Kyōto oder Ōsaka aus in die Gegend von Suma-Akashi zur Kur zu begeben. Auch heute sieht man Leute zwischen Kamakura und Tōkyō hin und her pendeln. Nach meinen Erfahrungen sind die Küstenstriche zwar im Winter warm, aber dafür weht häufig jener aufdringlich-schwüle Meerwind, die Kleider werden rasch feucht und kleben, der Kopf brummt vom Andrang des Bluts. Im Januar und Februar mag es noch angehen, doch schon im März und April wird es um einen Grad schlimmer. Wenn es dann auf den drückend heißen Sommer zugeht und das Thermometer in Kamakura beträchtlich höher steigt als in Tōkyō, fragt man sich wirklich, warum denn die Leute unbedingt solche Orte mit schlechtem Trinkwasser und Mückenschwärmen als «Sommerfrische» aufsuchen sollten. Was mich betrifft, liegt es vielleicht daran, dass ich mehr als der Durchschnitt an Blutandrang leide. Als ich in jener Gegend wohnte, sowohl in Kugenuma wie in Odawara, verging kaum ein Tag, an dem ich nicht einen schweren Kopf gehabt hätte; besonders in Odawara befiel mich eine ausgesprochene

Nervenschwäche, und mein Gewicht nahm in erschreckender Weise ab. Mit Suma-Akashi im Kansai-Gebiet verhält es sich ähnlich. Und von dort weiter gegen Westen zu regnet es zwar weniger und klart etwas auf, aber die Luft fühlt sich, warum auch immer, noch um einen Grad feuchter und klebriger an. Schon mit der Kirschblütenzeit beginnt die Schwüle, und wenn dann die Jahreszeit der «drückenden abendlichen Windstille» anbricht, sind die Glieder erschlafft, als wollten sie sich auflösen. Der eigene Körper, das Meer, das neue Grün der Blätter, alles strahlt einen nassen Glanz aus wie ein eben fertig gewordenes Ölbild, und man ist in Schweiß gebadet.

Es lässt sich nicht ändern: Der größte Teil des japanischen Kernlandes ist einem solchen feucht-stickigen Klima unterworfen und deshalb jedem allzu schwelgerischen Genießen abhold. Wird zum Beispiel nicht von Frankreich berichtet, noch bei größter Hitze mitten im Sommer trockne der Schweiß von selbst und bleibe nicht auf der Haut haften? In solchen Landstrichen mag man wohl eher im Überschwang der Lust frönen. Doch wenn einem schon beim bloßen Stillsitzen der Kopf schmerzt und die Glieder erschlaffen, so mag man keinen Gedanken an ein so aufwendiges Vergnügen verschwenden. In der Tat, wer einmal die «drückende abendliche Windstille» an der Seto-Inlandsee am eigenen Leibe erfahren hat, der weiß: Nur ein einziger Schluck Bier, und schon ist der ganze Körper nass. Kragen und Ärmel des leichten Sommerkimonos sind von Schweiß durchtränkt, und im Liegen scheinen sich alle Gelenke aufzulösen. Zu solchen Zeiten hat man auf nichts mehr Lust, und schon der Gedanke an Sex ödet einen an. Dazu kommt noch, dass bei diesem Klima auch nur schlichtes Essen gereicht wird und die Raumeinteilung in den Häusern nach überallhin offen gehalten ist, was die Situation zusätzlich einschränkt. Kaibara Ekiken[44] empfiehlt zwar Beischlaf am hell-lichten Tag; das sei den japanischen Verhältnissen angemessen und gesund. Wer sich danach dem Sonnenlicht aussetze, ein Bad nehme und einen Spaziergang mache, der werde kaum dem Trübsinn verfallen, und die Müdigkeit werde sich rasch verflüchtigen. Aber wie denn? Die gewöhnlichen Häuser und Wohnungen haben ja keine Zimmer, die man abschließen könnte! Das lässt sich also leicht predigen, doch nicht so leicht in die Tat umsetzen.

Unter diesen Umständen müssten eigentlich die Menschen, die in noch feuchteren und heißeren Ländern, zum Beispiel in Indien oder Südchina, leben, noch viel frugaler ausgerichtet sein als wir. Doch scheint das mitnichten zuzutreffen. Sie nehmen viel schwerere Speisen zu sich als wir, sie leben in geräumigeren Häusern und scheinen ein vergleichsweise opulentes Leben zu führen. Bedenkt man allerdings, wie häufig etwa das alte China in seiner Geschichte von Norden her überfallen wurde, oder in welchem Zustand sich Indien gegenwärtig befindet[45], dann hat das Volk dort vielleicht gerade wegen dieser seiner Lebensweise allzu sehr an Tatkraft und Vitalität eingebüßt. Den Bewohnern solch großer, ressourcenreicher Länder mag das vielleicht nichts ausmachen. Aber Menschen wie die Japaner, die sehr aktiv und ungeduldig sind und sich nicht unterkriegen lassen, die zudem in einem armen Inselland geboren wurden, hätten sich wohl niemals damit abgefunden. Sei das nun gut oder schlecht, hätten wir jedenfalls nicht große Anstrengungen unternommen — der Samurai-Stand bei der kriegerischen Ertüchtigung, die Bauern beim Einsatz in der Feldarbeit —, hätten sich nicht alle das ganze Jahr hindurch abgearbeitet, ohne nachzulassen, dann hätte sich das Land wohl nicht behaupten können. Wenn wir uns nur ein bisschen hätten gehen lassen und das müßige Leben der Adligen aus der Heian-Zeit fortgeführt hätten, wären die großen Nachbarn sogleich eingefallen, und wir hätten dasselbe Schicksal erlitten wie die koreanische Halbinsel, die Mongolei oder Vietnam[46]. An dieser Situation hat sich auch heute noch nichts geändert. Wir sind ein Volk mit einem starken Willen, nicht zu unterliegen; und dass wir uns heute in

Ostasien zu den bedeutenden Mächten der Welt zählen können, hat wohl auch damit zu tun, dass wir uns nicht übermäßigem Genuss verschrieben haben.

———

Da wir also ein Volk sind, das den direkten Ausdruck von Liebe gering schätzt und das zudem mit einer eher schwachen Sinnlichkeit ausgestattet ist, kann man in den Geschichtsquellen unseres Landes über die Lebensumstände der Frauen, die da im Schatten wirkten, überhaupt nichts Genaues erfahren. Als Schriftsteller habe ich mich schon öfters mit der Absicht getragen, historische Erzählungen über Persönlichkeiten der Vergangenheit zu schreiben. Aber was mich dabei immer in Schwierigkeiten bringt, ist der Umstand, dass man über die Aktivitäten der Frauen im Umkreis solcher Persönlichkeiten nichts Näheres weiß. Es versteht sich von selbst: Auch große, heldenhafte Gestalten der Geschichte waren ja ohne Zweifel unbemerkt im Hintergrund in irgendwelche Liebesverhältnisse verwickelt, und erst wenn man die Darstellung ohne Scheuklappen in diese Richtung vorantreibt, kann man die Menschlichkeit einer solchen Figur herausarbeiten. So ist zum Beispiel der Liebesbrief, den Toyotomi Hideyoshi an Yodogimi[47] gesandt hat, ein unschätzbares Dokument. Aber solche Schriftstücke sind nur in geringer Zahl überliefert; und falls es sie gibt, bedarf es langer Anstrengungen von spezialisierten Historikern, um schließlich gerade einmal ein, zwei Zeugnisse ausfindig zu machen. Am schlimmsten ist es bei den überragenden historischen Figuren. Da weiß man oft nicht einmal, ob sie mit einer rechtmäßigen Ehefrau verbunden waren oder nicht, und obwohl es sicher ist, dass sie eine Mutter gehabt haben müssen, so weiß man in vielen Fällen nichts über deren Wesensart und deren Namen. Jeder, der sich über den Stammbaum solcher Menschen beugt, wird diese Erfahrung machen. In der Tat haben die Genealogen in Japan seit alten Zeiten die Lebensumstände der Männer, von der Kaiserfamilie bis zu den ganz unten stehenden Sippen hinab, vergleichsweise detailliert aufgelistet, die Frauen aber gewöhnlich nur mit dem Vermerk «joshi» oder «onna»[48] aufgeführt. Weder das Geburtsjahr noch das Todesjahr noch der Name sind vermerkt. Das heißt, in unserer Geschichte gibt es zwar individuell unterscheidbare Männer, nicht aber Frauen als Individuen. Sie bleiben, wie in den Stammbäumen, ewig nur «joshi» oder «onna»!

In der «Geschichte vom Prinzen Genji» gibt es das Kapitel «Die Suetsumu-Blüte»[49]. Genjis Dienerin Tayū no Myōbu, die für ihren Herrn als Übermittlerin in Liebesdingen agiert, macht ihn dort auf die Tochter des verstorbenen Prinzen von Hitachi aufmerksam: «Weder über ihr Wesen noch über ihr Aussehen weiß ich Genaueres. Sie wohnt sehr einsam, hält sich von allen Menschen fern, und so plaudere ich an manchen Abenden, wenn sich ein besonderer Anlass ergibt, mit ihr durch den Vorhang hindurch. Das Instrument *kin no koto*[50] ist ihr allerliebster Freund!» Eines Abends im Herbst, nach dem Zwanzigsten des Monats, vor dem Mondaufgang, stiehlt sich Genji heimlich zur verwilderten Behausung der Prinzessin, die sich vor der Welt versteckt hält. Die Prinzessin ist zwar schrecklich verlegen, aber da sie ihrem Charakter nach nicht imstande ist, den Einflüsterungen und Ermahnungen Tayū no Myōbus zu widerstehen, antwortet sie schließlich: «Wenn ich nichts weiter sagen muss, sondern ihm nur zuzuhören brauche, will ich ihn, solange die Klappfenster[51] geschlossen bleiben, empfangen.» Da es Genji nicht zuzumuten wäre, draußen auf der Veranda Platz zu nehmen, lässt ihn Myōbu ins Nebenzimmer und bringt so die beiden zusammen, nur getrennt durch eine Schiebetür. Genji sieht also die Gestalt der Prinzessin nicht, doch wähnt er sich seinem Ziel nahe. «Als die Prinzessin, von ihren Dienerinnen gedrängt, sich der Schiebetüre näherte, ging in der Tat ein zarter Sandelholzduft von ihren Gewändern aus, und er war beglückt.» Doch soviel er auch von diesseits der Schiebetür auf sie einredet, sie gibt nicht die geringste Antwort, bis er endlich ein Gedicht vor sich hin sagt:

«Wie viele Male
währte Euer Schweigen
länger als das meine,
und ich begann wieder zu reden,
hoffend, dass Ihr es gewünscht.»

Schließlich antwortet von der anderen Seite der Schiebetür eine Kammerfrau anstelle der Prinzessin:

«Beim Klang der Glocke
Schweigen zu gebieten
fiele mir schwer,
begreif' ich es doch kaum,
dass die Antwort mir schwerfällt!»

Nach diesem Hin und Her stößt Genji die trennende Schiebewand zurück, dringt ein, und das Liebesverhältnis nimmt seinen Lauf. Aber da es im Innern dunkel ist, bleibt ihm letzten Endes verborgen, mit was für einer Partnerin er es zu tun hat. So besucht Genji sie also über längere Zeit, ohne je ihr Gesicht gesehen zu haben. Eines Morgens aber, als Schnee gefallen ist, öffnet er eigenhändig die Klappfenster auf den Garten hinaus und sagt vorwurfsvoll, indem er die weiße Schneefläche betrachtet: «Seht den bezaubernden Himmel dort! Ich kann es kaum fassen, dass Ihr mich noch immer wie einen Fremden behandelt.» Die älteren Dienerinnen ermuntern sie: «Kommt doch schnell hierher! Wir begreifen Euch wirklich nicht!» Da macht sich die Prinzessin endlich zurecht und rückt auf den Knien zum ersten Mal etwas ins Licht hinaus.

Nun erweist es sich, dass diese Prinzessin namens Suetsumu-Blüte eine rote Nasenspitze hat, und damit erhält die Leidenschaft Genjis, wie nicht anders zu erwarten, einen starken Dämpfer. Die Geschichte nimmt also eine possenhafte Wendung. Daraus eine Posse zu machen ist nur unter der Voraussetzung möglich, dass es offenbar damals üblich gewesen ist, miteinander zu verkehren, ohne das Gesicht des Partners zu kennen. Erstens sagt bereits die Vermittlerin Tayū no Myōbu: «Weder über ihr Wesen noch über ihr Aussehen weiß ich Genaueres. ... Ich plaudere an manchen Abenden mit ihr durch den Vorhang hindurch.» Das heißt, sie hat selbst die Prinzessin nie von Angesicht zu Angesicht gesehen, sondern sich nur getrennt durch einen Wandschirm oder dergleichen mit ihr unterhalten, und sie weiß, dass sie gerne Koto spielt, nur gerade so viel – eine äußerst dürftige Aussage! Schon eine Vermittlerin, die aufgrund eines solchen Kenntnisstandes agiert, ist fragwürdig genug; dass aber ein Mann, dadurch verlockt, nicht nur loszieht, sondern auch ohne sich zu vergewissern ein länger dauerndes Verhältnis anknüpft, das kommt uns von heute aus gesehen denn doch allzu dilettantisch vor. Man denke: Ein Mann der Gegenwart, der auf seine Individualität pocht, würde auf diese Weise nicht etwa nur die Ausschweifung einer Nacht genießen, sondern eine echte Liebesbeziehung pflegen – das wäre selbst im Traum kaum vorstellbar. Unter den Adligen der Heian-Zeit jedoch gehörte solches, wie schon gesagt, zum Alltag. Die Frauen waren wortwörtlich «Schönheiten der innersten Räume», vergraben hinter Vorhängen ganz tief in ihren Schlafgemächern. Überdies herrschte in den damaligen schlecht beleuchteten Häusern schon tagsüber dämmrige Düsternis. Umso schwieriger musste es zu Nachtzeiten sein, einander im stumpfen Schimmer von Lampen zu erkennen, selbst wenn man im selben Raum mit der Nase aneinanderstieß. Das heißt also, weil die Frauen in solchen dunklen Innenräumen, im Schatten hinter mehreren Lagen von Vorhängen und Wandschirmen, still und einsam dahinlebten, waren sie gefühlsmäßig für Männer nicht mehr als raschelnde Gewänder, mit Räucherdüften parfümierte Stoffe, trotz größter Nähe nur weiche, mit Händen ertastete Haut und ein Wasserfall von körperlangen Haaren.

Hier sei eine kleine Abschweifung gestattet. Als ich mich vor etwas mehr als zehn Jahren im heutigen Peiping – damals hieß es noch Peking[52] – aufhielt, empfand ich die Nächte als außergewöhnlich dunkel. In letzter Zeit, heißt es, wurden auch in dieser Stadt Straßenbahnen gebaut, und so werden die Straßenzüge wohl einen entsprechend helleren und belebteren Anblick bieten. Aber damals befand man sich noch mitten im Weltkrieg, und wenn man von den Rummelplätzen außerhalb des Palastbezirks, dem Rotlichtviertel und dem Theaterviertel, absieht, war die Stadt nach Sonnenuntergang wirklich stockdunkel. An den breiten Hauptstraßen sickerte zwar hier und dort noch etwas Licht durch, aber sobald man nur ein bisschen in Seitengassen einbog, herrschte eine totale, lackschwarze Dunkelheit. Nirgends war auch nur ein Glimmen von der Schwäche eines Leuchtwürmchens zu sehen. Besonders die Residenzen in jenen Gegenden waren von hohen Lehmmauern umgeben. Sie boten den Anblick von kleinen Festungen. Die Eingangstore waren sorgfältig mit Brettertüren abgeriegelt, die nicht den geringsten Spalt offen ließen. Und hinter den Türen gab es wiederum sogenannte Schattenwände, die sich wie Wandschirme hintereinander staffelten, sodass durch die zweifachen und dreifachen Abschirmungen auch nicht ein einziger Lichtschimmer oder der geringste Nachhall einer menschlichen Stimme nach außen drangen, und sich unheimliche, ruinenhafte

Wände im Dunkel schweigend aneinanderreihten. Ich durchlief anfangs die engen, verwinkelten Gassen zwischen diesen Wänden, ohne mir dabei etwas zu denken. Doch war das Dunkel, soweit ich auch gehen mochte, von derartiger Schwärze und Stille, dass ich bald von einer unaussprechlichen Furcht gepackt wurde und die Flucht ergriff, als wäre irgendetwas hinter mir her.

Vermutlich wissen Stadtmenschen heute gar nicht mehr, was eine wirkliche Nacht ist. Und nicht nur die Stadtmenschen! In unseren Tagen hat man ja bis in ziemlich abgelegene ländliche Siedlungen hinaus allerhand zierliche Bogenlampen installiert. So wird nach und nach das Reich der Dunkelheit zurückgedrängt, und die Menschen haben samt und sonders das tiefe Nachtschwarz vergessen. Als ich damals im dunklen Peking herumstreunte, dachte ich bei mir: Das ist eine wirkliche Nacht; seit Langem ist mir aus dem Gedächtnis entschwunden, was echtes nächtliches Dunkel ist! Dann rief ich mir in Erinnerung, wie furchterregend unheimlich, einsam und trostlos die Nacht zu meiner Kinderzeit, als ich unter dem schummrigen Licht einer Papierlampe schlief, gewesen war, und ein rätselhaftes Gefühl der Sehnsucht überkam mich. Wenigstens diejenigen, die in den Achtzigerjahren des neunzehnten Jahrhunderts geboren sind, dürften sich noch daran erinnern, wie die Nächte von Tōkyō damals genau den Nächten in Peking entsprochen haben. Ich weiß noch gut, wie ich öfters mit meinem jüngeren Bruder,

atemlos nach Luft schnappend und wie betäubt, nur
fünf-, sechshundert Meter weit von unserem Haus in
Kayaba-chō über die Yoroi-Brücke zum Haus von Ver-
wandten in Kakigara-chō gerannt bin. Natürlich war es
damals für Frauen undenkbar, nachts allein durch die
Straßen zu gehen, und sei es mitten im Quartier. Da es
also vor nur zehn Jahren in Peking und vor nur vierzig
Jahren in Tōkyō so gewesen ist, was für eine nächtliche
Dunkelheit und Stille muss dann erst recht vor bald
tausend Jahren in Kyōto geherrscht haben! Und wenn
ich nun, in meinen Überlegungen bis hierhin gelangt,
die alten poetischen Chiffren *«nubatama no yoru»* –
«eine Nacht wie eine schwarze Perle, wie ein schwarzer
Edelstein» – und *«yoru no kurokami»* – «die schwar-
zen Haare der Nacht»[53] – miteinander in Verbindung
bringe, so lässt sich daraus deutlich jene gewisse Aura
mysteriöser, verborgener Anmut herauslesen, von der
die weiblichen Wesen jener Epoche umhüllt waren.

«Frau» und «Nacht» gehören heute wie in früheren
Zeiten zusammen. Während aber die Nacht in der Gegenwart den nackten weiblichen Körper noch vollstän-
diger mit blendendem Lichtwerk ausleuchtet, als dies
die Sonnenstrahlen vermöchten, hat die Nacht ver-
gangener Zeiten die in ihren Gemächern vergrabenen

Gestalten der Frauen noch zusätzlich mit Vorhängen mystischen Dunkels umgeben. Man muss sich immer wieder klarmachen, dass es solche furchterregenden Nächte gewesen sind, in denen ein Watanabe no Tsuna mit dem Teufelsweib von der «Rückkehr-Brücke» zusammentraf oder ein Minamoto no Yorimitsu vom Geist der Erdspinne angegriffen wurde.[54] Und erst wenn man sich das vor Augen hält, ist man imstande, die vielen verschiedenartigen Nachtgedichte, die Poeten in der Vergangenheit verfasst haben, wirklich nachzuempfinden; zum Beispiel:

Die Wellen ziehen
stetig an den Strand von Sumi
doch du kommst selbst des Nachts
im Traume nicht zu mir
scheust noch dann der anderen Blick[55]

oder:

Wenn mich das Liebes-
verlangen mächtig heimsucht
kehre ich das Gewand
meiner perlenschwarzen Nacht
von innen nach außen[56]

Bedenkt man es recht, müssen Tag und Nacht für die Menschen in alten Zeiten zwei völlig verschiedene

Welten gewesen sein. Die Helligkeit des Tages, die Dunkelheit der Nacht, was für ein gewaltiger Unterschied! Wenn der Morgen dämmerte, hatte sich das schreckliche Reich der Düsternis mit einem Male auf tausend Meilen entfernt, der Himmel war hell und heiter, die Sonne strahlte und funkelte. Wer zu diesem gleißenden Licht emporblickte und dabei an die eben vergangenen Stunden zurückdachte, der hatte wohl den Eindruck, die Nacht sei ein unwirkliches, unbegreifliches Phantom gewesen, etwas gleichsam außerhalb dieser Welt Stehendes. «Nur wie der Traum / einer Frühlingsnacht / dein Arm als Kissen ...», hat Izumi Shikibu gedichtet.[57] Wer sich zweifelnd das Liebesgeflüster einer kurzen Nacht ins Gedächtnis zurückrief, dem kam dies, selbst wenn er nicht Izumi Shikibu hieß, sicher «nur wie ein Traum» vor.

Die Frauen bleiben wirklich in den Tiefen dieses nächtlichen Schattenreichs verborgen. Sie treten nicht ins helle Licht des Tages heraus, sondern erscheinen einzig als Fantasiebilder in einer Welt, die «nur wie ein Traum ist». Sie sind blass wie der Mondschein, leise wie das Zirpen von Insekten, empfindlich wie die Tautropfen auf den Gräsern, mit einem Wort, sie stehen auf derselben Stufe wie unheimlich anziehende Geisterwesen, Ausgeburten der Dunkelheit der Naturwelt. Männer und Frauen von damals haben beim Austausch von Kurzgedichten das Liebesverlangen immer wieder mit dem Mond oder mit dem Tau verglichen. Das sind wohl keineswegs leichthin niedergeschriebene Metaphern, wie wir anzunehmen geneigt sind. Wenn man sich vorstellt, wie der Mann nach einer gemeinsam verbrachten Nacht morgens durch Büsche und Gräser des Vorgartens nach Hause pirschte und seine Ärmel vom Tau nass und schwer wurden, dann standen für ihn vermutlich Mond, Tau, Stimmen der Insekten und Liebesverlangen in sehr enger Verbindung oder verschmolzen gar miteinander. Man wirft der «Geschichte vom Prinzen Genji» und den nachfolgenden alten Erzählungen oft vor, die darin auftretenden Frauenfiguren hätten alle denselben Charakter und zeigten keine individuellen Züge. Aber die Männer jener Epoche liebten weder eine individuelle Frau, noch waren sie von den einnehmenden Gesichtszügen oder der körperlichen Schönheit einer bestimmten Frau angetan. Für sie war wohl «Frau» auf immer und ewig nur «Frau», in der gleichen Weise wie der Mond immer derselbe Mond bleibt. Sie hörten im Dunkel die flüsternde Stimme, sie nahmen den Duft der Kleider wahr, sie berührten die Haare, erspürten mit den Händen die Reize der zarten Haut, und wenn der Morgen anbrach, waren sie schon irgendwohin entschwunden und hingen dort der Vorstellung nach, dass dies alles zusammengenommen eben die Frau sei.

Vor Jahren habe ich mich in meinem Roman «Insel der Puppen»[58] aus der Perspektive der Hauptperson folgendermaßen über das Bunraku-Puppentheater geäußert: «... Als er seine ganze Aufmerksamkeit auf die Gestalt der Puppe konzentrierte, nahm er schließlich den Puppenführer Bungorō nicht mehr wahr. Koharu war nun nicht ein Feenwesen in seinen Händen, sondern sie hatte sich fest auf die *tatami*[59] niedergelassen und lebte. Dennoch erweckte sie einen anderen Eindruck als in der Darstellung eines Schauspielers. Ein Baikō oder ein Fukusuke mochten sich noch so geschickt anstellen, man sagte sich doch: Das ist Baikō!, oder: Das ist Fukusuke! Diese Koharu aber war niemand anderes als eben Koharu. Gewiss mochte man bemängeln, dass ihr der Gesichtsausdruck eines Schauspielers fehlte. Aber hätte denn eine Frau aus dem damaligen Vergnügungsviertel ihre Gefühlsregungen so unumwunden zum Ausdruck gebracht, wie das im Kabuki üblich war? Doch wohl kaum! Koharu, die in der Genroku-Ära gelebt hatte, war vermutlich eine ‹puppenhafte› Frau gewesen. Und selbst wenn das nicht zutreffen sollte, so entsprach die Gestalt der Koharu, die sich die Besucher des Bunraku erträumten, sicher nicht derjenigen eines Baikō oder Fukusuke, sondern derjenigen, die diese Puppe verkörperte. Schönheiten, wie sie sich die Menschen früher als Ideal ausmalten, stellten nicht so ohne Weiteres ihre Persönlichkeit zur Schau. Sie waren ohne Zweifel Frauen von äußerster Zurückhaltung, und deshalb entsprach diese Puppe genau den Anforderungen; ja, ein Mehr an Eigenart wäre vermutlich sogar hinderlich gewesen. Unsere Vorfahren stellten sich Koharu, Umekawa, Sankatsu, Oshun und wie sie alle hießen vermutlich mit dem gleichen Gesicht vor. War also nicht gerade diese Koharu-Puppe die vollkommene Ausprägung des ‹Ewig-Weiblichen› in der Tradition der Japaner?»

Das lässt sich nun nicht nur in Bezug auf das Puppentheater sagen, sondern in gleicher Weise auch auf die Schönheiten in den mittelalterlichen Bilderrollen und in den Farbholzschnitten übertragen. Je nach Epoche und je nach Maler sind zwar leichte Veränderungen in der modellhaften Schönheit festzustellen, aber die Frauengesichter, die im berühmten «Takayoshi Genji»[60] und den nachfolgenden Bilderrollen auftauchen, ähneln sich hier wie dort und zeigen nicht die geringsten individuellen Züge, sodass man sich fragen kann, ob denn die Frauen in der Heian-Zeit tatsächlich alle gleich ausgesehen haben. Auch bei den Holzschnitten lässt sich Ähnliches sagen, wenn man einmal die Schauspielerporträts zur Seite lässt und sich nur auf die Gesichter der Frauen konzentriert. Zwar hat Utamaro seine bevorzugte Weise, wie er die Gesichtszüge darstellt, und Harunobu wiederum die seine, aber jeder Künstler zeichnet für sich genommen immer wieder dieselbe Art Gesicht. Unter den Frauentypen, die sich diese Künstler vorgenommen haben, befinden sich Damen aus dem Freudenviertel, Geishas, Ehefrauen und Bürgermädchen. Doch sie unterscheiden sich immer nur durch verschiedene Kleidung und Haartracht, nicht aber durch andere Gesichtszüge. Und so können wir uns in unserer Vorstellung aus diesen bei jedem einzelnen Maler auftauchenden typisierten Frauengesichtern ein allen gemeinsames klassisches Ideal von «Frauenschönheit» zurechtlegen. Selbstverständlich war es nicht so, dass den alten Meistern des Farbholzschnitts die Fähigkeit abgegangen wäre, persönliche Eigenheiten ihrer Modelle zu unterscheiden, oder dass es ihnen an technischem Können für die Gestaltung gemangelt hätte. Vermutlich glaubten sie, das Ausmerzen individueller Züge führe ästhetisch weiter, es zeuge von einem höheren Kunstverstand des Malers.

———

Wie war das nun eigentlich? Gingen nicht die Erziehungsbestrebungen im Osten, im Unterschied zu denen im Westen, allgemein dahin, die Individualität so weit als möglich auszuschalten? Auch in der Dichtkunst zum Beispiel bestand unser Ideal nicht darin, eine von den Vorgängern noch nicht entdeckte neue Schönheit zu schaffen, sondern sich selbst auf das von den chinesischen und japanischen Dichterheiligen früherer Zeiten erreichte Niveau zu erheben. Vollendung in der Kunst, Schönheit – das war etwas seit eh und je unveränderlich Feststehendes, und die Verfasser chinesischer und japanischer Gedichte besangen durch alle Zeiten hindurch immer wieder dieses Eine, bemühten sich, irgendwie diesen höchsten Punkt zu erreichen. Es gibt das Kurzgedicht:

> Viele Wege führen
> hinauf vom Fuß des Berges
> doch alle nur
> um auf dem Gipfel
> den gleichen Mond zu schauen[61]

Ein Bashō stimmte in seiner Zielsetzung mit dem überein, was einem Saigyō[62] vorschwebte. Je nach Epoche mochten sie stilistisch und formal unterschiedliche Wege gehen, doch was sie anstrebten, war letztendlich nur der eine «Mond auf dem Gipfel». Das erkennt man in der Malerei womöglich noch deutlicher als in der Literatur, vornehmlich in der «Literatenmalerei» oder «Malerei der südlichen Schule»[63]. Herausragende Werke dieser Schule, seien es «Berg und Wasser»-Landschaften oder Darstellungen von «Bambus und Fels»,[64] mögen sich zwar in ihrer Technik je nach Urheber unterscheiden. Doch sie gleichen sich darin, dass sie eine Art Erhabenheit – soll man von einem verhaltenen

Aufleuchten oder einem umflorten Nimbus, einer Zen-Aura sprechen? –, jedenfalls eine vom Weg der Erleuchtung bestimmte sublime Schönheit ausstrahlen. Das oberste Ziel der Maler aus der südlichen Schule besteht tatsächlich in nichts anderem als darin, diese besondere Qualität zu erreichen. Nicht selten versehen sie ihre Werke mit dem Vermerk: «Im Stile des Soundso». Das heißt, sie nehmen sich als Individuum zurück und wollen in den Spuren ihrer Vorgänger wandeln. Von da her betrachtet, ist die Tatsache, dass es in China seit alters viele Imitationen und viele sehr geschickte Fälscher gibt, vielleicht gar nicht der bewussten Absicht zuzuschreiben, die Leute übers Ohr zu hauen! Der eigene Ruhm und Name spielt für sie keine Rolle; vielmehr finden sie ihre größte Befriedigung darin, das eigene Ich mit den alten Meistern in Übereinstimmung zu bringen. Als Beweis dafür mögen bis ins kleinste Detail haargenau nachgebildete Stücke unter den sogenannten Fälschungen dienen. Um Werke mit solcher Präzision nachzuahmen, müssen die Leute unvergleichliche Begabung und einen lebhaften Schaffenstrieb mitbringen. Nur aus Gewinnsucht lässt sich so etwas nicht bis zu diesem Punkt vorantreiben. Wenn von Anfang an das Ziel darin besteht, die Vollkommenheit der alten Meister zu erreichen, und nicht, das Ich herauszustellen, dann ist der Name des Urhebers von keinerlei Bedeutung mehr.

Das Ideal des Konfuzius war es, die Regierungsgeschäfte auf die mythischen Zeiten der Kaiser Yao und Shun zurückzuführen; er hat immer wieder den «Weg der früheren Kaiser» gelehrt. Diese Tendenz, ohne Unterlass die vergangenen Zeiten als Modell zu nehmen und dorthin zurückzukehren, hat zwar die Entwicklung und den Fortschritt der Menschen im Osten behindert. Doch waren unsere Vorfahren nun einmal, ob man das gutheißt oder nicht, so konditioniert. Auch in der Aneignung von Tugend und Moral sahen sie das höchste Prinzip nicht darin, die eigene Präsenz zu markieren, sondern den Weg der alten Weisen zu bewahren. Das galt wohl ganz besonders für die Frauen. Sie waren unentwegt bemüht, ihr Ich zurückzunehmen, ihre persönlichen Gefühle zu unterbinden, ihre individuellen Vorzüge herabzusetzen und sich dem klassischen Typ der «tugendhaften Frau» anzupassen.

———

Im Japanischen gibt es das Wort *iroke*. Es lässt sich kaum in westliche Sprachen übersetzen. Letzthin hat der von Elinor Glyn erdachte Ausdruck *It*[65] aus Amerika zu uns herübergefunden, doch seine Bedeutung deckt sich in keiner Weise mit *iroke*. Eine Schauspielerin wie die im Film auftretende Clara Bow mag zwar ein üppiges Maß an *It* besitzen, von *iroke* aber ist sie denkbar weit entfernt.

Früher lebte in vielen Haushalten ein junges Ehepaar mit den Eltern des Mannes, das heißt die Schwiegertochter mit ihren Schwiegereltern zusammen. Oftmals behauptete der junge Ehemann dann, dass gerade unter solchen Verhältnissen bei seiner Frau das, was sich *iroke* nennt, ganz besonders deutlich hervortrete, und er freute sich darüber. Da heute junge Eheleute, selbst wenn die Eltern noch leben, meistens von ihnen getrennt wohnen, dürften sie wohl Mühe haben, das zu verstehen. Es ging darum, dass die Frau vor den Schwiegereltern zwar Zurückhaltung übte, aber sich in versteckter Weise an den Mann anlehnte und Zärtlichkeiten suchte, sodass sich dieses Verlangen hinter der sittsamen Haltung doch irgendwie erraten ließ, was für viele Männer einen unaussprechlichen Zauber besaß. Mehr als offene, direkt ausgedrückte Leidenschaftlichkeit war es eine im Inneren bewahrte Zuneigung — Gefühle, die trotz aller Zurückhaltung nicht ganz verborgen bleiben konnten, sondern hie und da unbewusst in Worten und Gesten sich andeuteten —, was das Herz der Männer umso mehr bezauberte. Diese Art Nuancierung des Erotischen ist es, was in dem Wort *iroke* enthalten ist. Je mehr der Gefühlsausdruck den Grad des Verhaltenen, nur Angedeuteten überstieg und sich direkt, in aller Offenheit kundtat, desto stärker wurde ein «Mangel an *iroke*» beklagt.

Da ein solcher verhaltener Charme oder Liebreiz etwas Unbewusstes ist, gibt es Frauen, denen er angeboren ist, und solche, denen er fehlt. Frauen, die ihn nicht haben, mögen sich noch so sehr darum bemühen, sie wirken dann nur unangenehm und unnatürlich. Es gibt Frauen, die schön sind, aber denen dieser Liebreiz abgeht, und andrerseits solche, die zwar ein unattraktives Gesicht haben, die aber zum Beispiel in Bezug auf Stimme, Hautfarbe oder Gestalt in unerklärlicher Weise einen solchen Liebreiz verströmen. Auch im Westen sind von Frau zu Frau ohne Zweifel solche Unterschiede vorhanden. Aber weil die Frauen mit ihren Schminkmethoden und in ihrer Art, Gefühle auszudrücken, oft allzu künstlich und herausfordernd wirken, schwindet ein allenfalls vorhandener Liebreiz häufig dahin.

Wenn Frauen, seien es nun solche mit angeborenem Charme oder solche, die damit etwas weniger gesegnet sind, ihre Liebe – oder auch ihre Sinnlichkeit – möglichst verbergen oder noch tiefer in sich verinnerlicht haben, dann wird diese Gemütsverfassung sich in einem bestimmten Habitus, in einer bestimmten Ausstrahlung kundtun. Von diesem Gesichtspunkt aus erwies sich die Erziehung im Geiste des Konfuzianismus oder des *bushidō* – das heißt die Formung zur «tugendhaften Frau» nach der Schrift «Die hohe Schule der Frau» von Kaibara Ekiken[66] – eigentlich als probate Methode, um die Vertreterinnen des weiblichen Geschlechts mit einem Höchstmaß an *iroke* auszustatten.

———

Die Frauen des Ostens, so heißt es, sind zwar in Bezug auf Schönheit der Figur und des Körperbaus denen des Westens nicht ebenbürtig, hingegen übertreffen sie diese in Bezug auf Schönheit und Zartheit der Haut. Das würde ich von meiner allerdings eher dürftigen Erfahrung her auch so sehen; doch sind es vor allem die Kenner, die darin übereinstimmen, und auch unter den Westlern bekennen sich nicht wenige zu dieser Ansicht. Nun möchte ich aber noch einen Schritt weitergehen und behaupten, dass die Frauen im Osten denjenigen im Westen auch insofern überlegen sind, als sie uns (zumindest nach unserem japanischen Empfinden) eine lustvollere Berührung bieten. Was die Frische des Teints und die Proportionen angeht, ist zwar der Körper der westlichen Frauen, aus der Distanz betrachtet, unvergleichlich viel anziehender. Wenn man sich ihnen aber nähert, erweist sich ihre Haut als rau und von üppig sprießendem Flaum überzogen, sodass man manchmal ernüchtert etwas zurückweicht. Überdies haben sie, so meint man, wenn man sie anschaut, schlanke, wohlgeformte Glieder, die den Eindruck einer von uns besonders hoch geschätzten elastischen Fülle erwecken. Aber wenn man dann die Arme und Beine wirklich anfasst, so sind sie weich und schwabbelig und bieten keinen Widerstand, und das so attraktive Gefühl gestraffter Festigkeit kommt nicht auf.

Aus männlicher Perspektive lässt sich also sagen: Westliche Frauen sind weniger zum Umarmen da als vielmehr zum Anschauen; bei den Frauen aus dem Osten ist es gerade umgekehrt. Meines Wissens stehen die Chinesinnen in Bezug auf die Glätte und Zartheit der Haut an erster Stelle, aber auch die Haut der Japanerinnen ist verglichen mit westlichen Frauen bei Weitem delikater. Selbst wenn sie nicht schneeweiß schimmert, so verleiht ihr oft gerade die gelbliche Tönung eine besondere Tiefe und Fülle. Das ist wohl letzten Endes ein natürliches Ergebnis der Entwicklung der Sitten von den Zeiten der «Geschichte vom Prinzen Genji» an bis in die Tokugawa-Epoche hinein, wonach die japanischen Männer nie Gelegenheit hatten, die Frauen in ihrer ganzen Gestalt deutlich und in hellem Licht zu betrachten, sondern immer nur gehalten waren, unter dem schummrigen Lampenschein der Schlafgemächer einen Teil ihres Körpers zu berühren und zu liebkosen.

Natürlich steht es im Ermessen jedes Einzelnen, zu entscheiden, was für ihn besser sei, das *It* der Clara Bow oder das *iroke* im Stil der «Hohen Schule der Frau». Was mich aber im Geheimen umtreibt, ist die Sorge, ob denn nicht in einer Zeit des Exhibitionismus nach amerikanischer Manier, da Revuen aller Art grassieren und der nackte weibliche Körper überhaupt nichts Besonderes mehr an sich hat, die Anziehungskraft des *It* allmählich verblassen und verloren gehen könnte. Eine noch so schöne Frau hat, wenn sie einmal völlig nackt dasteht, nichts mehr, was sie enthüllen könnte. Und wenn einmal alle gegenüber der Nacktheit abgestumpft sind, wird wohl auch das *It*, das «gewisse Etwas», auf niemanden mehr irgendeinen Reiz ausüben.

EPOCHEN DER JAPANISCHEN

UND CHINESISCHEN GESCHICHTE

Japan

Asuka-Zeit 593–710

Nara-Zeit 710–784/794

Heian-Zeit 794–1185/1192

Kamakura-Zeit 1192–1333/1338

Muromachi-Zeit 1338–1573

Azuchi-Momoyama-Zeit 1573–1600

Tokugawa-Zeit (auch Edo-Zeit) 1600–1868

    (Genroku-Ära 1688–1704)

Meiji-Zeit 1868–1912

Taishō-Zeit 1912–1926

Shōwa-Zeit 1926–1989

Heisei-Zeit seit 1989

China

Tang-Zeit 618–907

Fünf Dynastien 907–960

Nördliche Sung-Zeit 960–1127

Südliche Sung-Zeit 1127–1279

Yuan-Zeit 1279–1368
Ming-Zeit 1368–1644
Ching-Zeit 1644–1912
Republik 1912–1949

ANMERKUNGEN

1 Jerome Klapka Jerome (1859–1927) schrieb das Werk *Novel Notes* im Jahr 1893.

2 Lafcadio Hearn (1850–1904), Professor für engl. Literatur an der Kaiserlichen Universität von Tōkyō und Schriftsteller, der mit seinen Büchern über das traditionelle Japan zum Kultautor des westlichen Japonismus wurde.

3 E. T. A. Hoffmann (1776–1822), dt. Autor der Spätromantik, u. a. *Lebens-Ansichten des Katers Murr* (1819–1821). – Anna Sewell (1820–1878), Tochter einer brit. Jugendbuchautorin; ihr einziges Werk: *Black Beauty* (1877). – Jack London (1876–1916), amerik. Autor naturalistischer Abenteuerromane und Tiergeschichten, u. a. *The Call of the Wild* (1903).

4 Natsume Sōseki (1867–1916) ist ein moderner Klassiker der japan. Literatur. Der erwähnte Titel bezeichnet einen Vortrag, den Natsume 1893 als Student der Kaiserlichen Universität Tōkyō hielt.

5 Beim japan. Teeweg, im Westen auch unter dem Begriff «Teezeremonie» bekannt, wird vorausgesetzt, dass die Wandnische des Teeraums mit einem Rollbild sowie mit einer einzigen schlichten Blüte ausgeschmückt ist.

6 Die zentralen Werke der konfuzianischen Tradition werden in der Formel *«ssu shu – wu ching»* («Vier Bücher –

Fünf Klassiker») zusammengefasst. – *Historische Aufzeich-nungen (Shih-chi)* von Ssu-ma Ch'ien (145–86 v. Chr.) gilt als erstes maßgebendes Geschichtswerk in China. – *Samm-lung musterhafter Texte (Wenzhang guifan)*: eine klassische Textsammlung aus der Südlichen Sung-Zeit.

7 Tsubouchi Shōyō (1859–1935) war führender Literat der Meiji-Zeit und machte westliche Literaturauffassungen in Japan bekannt. Berühmt wurde seine Abhandlung *Shō-setsu shinzui (Das wahre Wesen erzählender Literatur)* von 1885/1886.

8 Li Bo, auch: Li Tai-bo (701–762), und Du Fu (712–770) waren bedeutende chines. Dichter der Tang-Zeit.

9 China-Gelehrter (1863–1911) und Dichter im klassisch-chines. Stil.

10 In einer späteren Ausgabe fügte Tanizaki hier die Anmer-kung ein: «Dies trifft allerdings nicht für einen Mann wie Ernest Fenollosa zu, der als Mensch des Westens die alte Kunst der Nara-Zeit vorgestellt und die Maler der tradi-tionellen Nihonga-Schule wie Kanō Hōgai (1828–1888) und Hashimoto Gahō (1835–1908) entdeckt hat.» Ernest Francisco Fenellosa (1853–1908) war als Professor für Phi-losophie und Volkswirtschaft an der Universität von Tōkyō tätig und spielte als Vermittler japan. Kunst eine wichtige Rolle.

11 Mit *gesaku* wird die populäre, unterhaltende Erzählliteratur der Tokugawa-Zeit bezeichnet.

12 Das Kabuki ist neben dem Nō-Spiel und dem Bunraku-Puppentheater eine der drei traditionellen Theaterformen Japans. Im 17. Jh. entstanden, erfreut es sich bis heute gro-ßer Beliebtheit. Im Zentrum stehen die Schauspieler, aus-schließlich Männer, die auch die Frauenrollen übernehmen und einen entscheidenden Einfluss auf die Textgestaltung

ausüben. Die Textautoren, die meist im Kollektiv arbeiteten, hatten – wenn man von wenigen berühmten Namen absieht – eine untergeordnete Stellung.

13 Die Holzschnittkünstler Hishikawa Moronobu (1618–1694), Kitagawa Utamaro (1753–1806), Suzuki Harunobu (1725–1770) und Utagawa Hiroshige (1797–1858) stehen den Malern Ike no Taiga (1723–1776), Tanomura Chikuden (1777–1835), Ogata Kōrin (1658–1716) und Tawaraya Sōtatsu (1. Hälfte 17. Jh.) gegenüber. Desgleichen in der Literatur: Chikamatsu Monzaemon (1653–1724), Ihara Saikaku (1642–1693), Shikitei Sanba (1776–1822) und Tamenaga Shunsui (1790–1843) sind Dramatiker und Erzähler; Arai Hakuseki (1657–1725), Ogyū Sorai (1666–1728) und Rai Sanyō (1778–1832) dagegen Gelehrte und nach traditioneller Einschätzung Verfasser «höherer» Literatur.

14 Tanizaki nennt zwei Werke des größten Dramatikers der Tokugawa-Zeit, Chikamatsu Monzaemon (1653–1724): *Kan hasshū tsunagi uma (Das Pferdewappen in den acht Ostprovinzen)* ist Chikamatsus letztes Werk, ein historisches Spiel aus dem Jahr 1724. Es geht darin um eine Rebellion gegen die Zentralgewalt. Man hat behauptet, dass der alte Chikamatsu von der gegen die Tokugawa-Herrschaft gerichteten Haltung des Kaisers Go-Mizunoo (1596–1680) zu dem Stück inspiriert worden sei. – *Soneẕaki shinjū (Doppelselbstmord von Soneẕaki)* ist ein bürgerliches Stück aus dem Jahr 1703, das im Kaufmannsmilieu von Ōsaka spielt. Ein Höhepunkt ist das *michiyuki*, eine poetische Wegbegehung, in der das Liebespaar sich zum Ort des gemeinsamen Todes begibt.

15 Der bedeutendste und produktivste Romancier (1767–1848) der späten Tokugawa-Zeit.

16 Die Formel *«kanẕen chōaku»* («Beförderung des Guten –

Verhinderung des Schlechten») ist eine wichtige Maxime der neokonfuzianistischen Tugendlehre. – Die fünf konfuzianistischen Kardinaltugenden, japan. *nin, gi, rei, chi, shin*, werden u. a. mit den folgenden Begriffen wiedergegeben: Menschlichkeit, Rechtlichkeit, Sittlichkeit, Weisheit und Vertrauen/Treue.

17 Zwei führende Meister des Holzschnitts: Kitagawa Utamaro (1753–1806) und Utagawa Toyokuni I (1769–1825).

18 Ariwara no Narihira lebte 825–880. – Die Hofdame Izumi Shikibu lebte um das Jahr 1000.

19 *Genji monogatari (Die Geschichte vom Prinzen Genji)* wurde verfasst von der Hofdame Murasaki Shikibu (ca. 973–ca. 1014). Der umfangreiche Roman, geschrieben nach der Jahrtausendwende, ist repräsentativ für die höfische Heian-Zeit und die gesamte klassische Literatur Japans. Das Werk erschien 1966 in der bislang einzig gültigen Übersetzung von Oscar Benl (Manesse Verlag, Zürich).

20 In der Tokugawa-Zeit waren hauptsächlich zwei geistige Strömungen maßgebend: einerseits der Neokonfuzianismus, der den Status einer offiziellen Staatsideologie besaß, andererseits die *kokugaku* («nationale Wissenschaft»), die sich als Gegenbewegung auf das japan. Altertum und seine Institutionen (u. a. das Kaisertum) berief.

21 Ein ursprünglich aus China stammendes Blasinstrument aus Bambus mit einer Länge von 18,2 cm. Es wird beschrieben als «Doppelrohrblattoboe mit sieben Grifflöchern oben und zwei Grifflöchern unten. Das Mundstück besteht aus einem doppelten Rohrblatt aus Schilfrohr» *(Japan-Handbuch)*.

22 Die *Sammlung von alten und neuen Geschichten (Kokon chomonjū)* ist eine der großen Erzählungssammlungen aus dem japan. Mittelalter, fertiggestellt 1254 von Tachibana no

Narisue. Hier handelt es sich um die Geschichte Nr. 319 im 8. Band, der den Titel *Kōshoku (Liebeslust)* trägt.

23 Das Stück *Tsubosaka reigenki* wurde 1879 vom Shamisen-Spieler Toyozawa Danpei II zu einer Textbearbeitung seiner Frau Kako Chiga komponiert. Es idealisiert die Gattentreue in der Darstellung einer Wunderheilung des blinden Sawaichi. Die hier zitierte, im Theaterstück einleitende Ballade *Kiku no tsuyu* ist älteren Datums und gehört zum Genre Jiuta. Hierbei handelt es sich um mit dem Shamisen, einem dreisaitigen, gitarrenähnlichen Instrument, begleitete Lieder und Balladen aus dem Kamigata-Gebiet um Kyōto und Ōsaka.

24 Die Samurai (oder *bushi*) sind Angehörige des Kriegerstands, der von der Kamakura-Zeit an die schwerttragende Oberschicht bildete. Mit der Machtübernahme vollzogen sich tief greifende Umwälzungen in den sozialen Beziehungen und Wertvorstellungen.

25 Zwei bürgerliche Stücke von Chikamatsu Monzaemon. *Hakata kojorō namimakura* (1718; *Die Kurtisane aus Hakata oder Liebe zur See*): Sōshichi, ein Kaufmann aus Kyōto, wird gezwungen, sich einer Schmugglerbande anzuschließen. Er endet im Selbstmord. – *Onna goroshi abura jigoku* (1721; *Der Frauenmörder und die Ölhölle*): Yohei, ein von Grund auf verdorbener junger Mann, steckt in Geldnöten und ermordet eine Nachbarin in ihrem Ölhandelsgeschäft.

26 *Shinjū*, der gemeinsame Selbstmord eines Liebespaares, kommt innerhalb der starren Gesellschaftsordnung der Bürger und Kaufleute in der Tokugawa-Zeit nicht selten vor und ist deshalb auch ein beliebtes Motiv in der Literatur und im Theater. Gerade Chikamatsu greift wiederholt auf reale Vorfälle zurück und bringt sie, literarisch ausgestaltet, innerhalb kurzer Zeit auf die Bühne.

27 Ōguchiya Gyōu (2. Hälfte 18. Jh.), Lebemann und begeis-
terter Theatergänger aus dem Kaufmannsstand, der sich
durch großspuriges Auftreten im Stil einer Kabuki-Hel-
denfigur einen Namen machte. Wurde Ende des 19. Jh. zur
Theaterfigur. – Kataoka Naojirō (1793–1832), legendärer
Frauenheld, Schurke und Kleinkrimineller, der schließlich
hingerichtet wurde. Aus seiner Person wurde Ende des
19. Jh. ebenfalls eine Theaterfigur entwickelt.

28 Das *Taketori monogatari (Erzählung vom Bambussammler)*,
das älteste Kunstmärchen der japan. Literatur, wurde Ende
des 9. oder Anfang des 10. Jh. verfasst.

29 Weibliche Hauptpersonen aus den Stücken *Sonezaki shinjū (Doppelselbstmord von Sonezaki)* bzw. *Meido no hikya-
ku (Der Höllenbote)* von Chikamatsu Monzaemon. Vgl.
Anm. 25.

30 Japan. *Konjaku monogatari*: umfangreichste und bedeutendste mittelalterliche Erzählungssammlung, wahrscheinlich
nach 1120 entstanden. Es handelt sich um die dritte Erzählung aus Band 29, *Hito ni shirarenu omuna nusubito no koto*.

31 Tanizaki schreibt das Wort «Flagellation» in Englisch und
in röm. Schrift.

32 Das traditionelle Beinkleid und sehr formelle Kleidungs-
stück der japan. Männer: ein Hosenrock.

33 Illustrierte Geschichten aus der späteren Tokugawa-Zeit,
die sich durch originelle Kombination und Integration von
Text und Bild auszeichnen.

34 Die Hofdame Sei Shōnagon, Verfasserin des *Makura no
sōshi (Kopfkissenbuch)*, lebte um 1000. Sie war für ihren
Witz und ihre Scharfzüngigkeit bekannt.

35 Lady Emma Hamilton (1765–1815), Ehefrau des brit. Ge-
sandten in Neapel, war von 1798 bis zu dessen Tod die Geliebte des brit. Admirals Horatio Nelson (1758–1805). Sie

gebar ihm eine Tochter, woraufhin er sich von seiner Ehefrau trennte. – Der spätere brit. Ökonom und Philosoph John Stuart Mill (1806–1873) und Harriet Taylor (1807–1858) lernten sich 1830 kennen. Die verheiratete Taylor wurde zunächst Mills platonische Geliebte, nach dem Tod ihres ersten Ehemanns seine Frau. Ihr Einfluss auf seine politischen und philosophischen Schriften war maßgeblich.

36 Vgl. Anm. 24.

37 Der Literatenkreis Ken'yūsha wurde 1885 von Ozaki Kōyō (1867–1903) ins Leben gerufen. Die Gruppe war modern, insofern sie die Autonomie der Literatur betonte. Andererseits zeigt sich im Rückgriff auf die Erzähltraditionen der Tokugawa-Zeit eine Reaktion auf den überhandnehmenden westlichen Einfluss.

38 Vgl. Anm. 11.

39 *Bungakukai* erschien in den Jahren 1893 bis 1898, *Myōjō* in den Jahren 1900 bis 1908. Sie waren die wichtigsten Sprachrohre des neuartigen, westlich beeinflussten japan. Romantizismus. – Der Naturalismus setzte sich ab 1902 sehr rasch durch, wenn auch mit Ergebnissen, die sich vom europäischen Naturalismus stark unterschieden.

40 Vgl. Anm. 37.

41 *Sanshirō* (*Sanshirōs Wege*, Berlin 2009) ist 1908 erschienen. – *Klatschmohn* (*Gubijinsō*) war 1907 der erste in einer Zeitung abgedruckte Fortsetzungsroman von Natsume Sōseki.

42 Tokugawa Ieyasu (1542–1616), Begründer und erster Shōgun der Tokugawa-Herrschaft.

43 *Sannin hōshi* (*Die drei Mönche*) gehört zum Genre der Otogizōshi, kürzerer unterhaltender Erzählprosa, die im Zeitraum von der Muromachi- bis zur frühen Tokugawa-Zeit entstand. Die Erzählung wurde wohl in der späten

Muromachi-Zeit niedergeschrieben. Sie bezieht sich aber auf einen Vorfall aus dem Umkreis des Gründers des Muromachi- oder Ashikaga-Shōgunats, Ashikaga Takauji (1304–1358). (Vgl. *Nihon koten bungaku taikei* 38, S. 437.)

44 Zu Kaibara Ekiken vgl. Anm. 66.

45 Anspielung auf den kolonialen Status Indiens.

46 Hier hat Tanizaki ebenfalls den kolonialen Status der genannten Länder im Visier. Interessant ist, dass er auch Korea erwähnt, das unter japan. Herrschaft stand. Man könnte hier eine leise Kritik am japan. Kolonialismus herauslesen.

47 Yodogimi (1567–1615), die Gattin des Machthabers Toyotomi Hideyoshi. Ihre Mutter war die jüngere Schwester von Hideyoshis Vorgänger Oda Nobunaga.

48 Beides japan. Wörter für «Frau».

49 Zum *Genji monogatari* vgl. Anm. 19. «Die Suetsumu-Blüte» ist Kapitel 6 des Romans. Die folgenden Zitate sind der Übersetzung von Oscar Benl entnommen (Manesse Verlag, Zürich 1966).

50 Chines. Wölbbrettzither mit 7 Saiten. Vorläufer des heute verbreiteten Instruments namens Koto.

51 Was Oscar Benl in seiner Übersetzung des Romans mit «Klappfenster» wiedergibt, war ein Fenstergitter, das geöffnet oder geschlossen werden konnte. Geschlossen ließ es nur wenig Licht herein und verhinderte den Einblick von außen.

52 Peking – heute meist «Beijing» geschrieben, was «Hauptstadt des Nordens» bedeutet – hieß von 1928 bis 1938 Peiping, weil die chines. Hauptstadt damals nach Nanjing («Hauptstadt des Südens») verlegt worden war.

53 Beide Metaphern kommen mehrfach bereits in der ältesten japan. Gedichtsammlung *Manyōshū (Sammlung der zehntausend Blätter)* aus der 2. Hälfte des 8. Jh. vor.

54 Minamoto no Yorimitsu (948–1021), Kriegsheld im Diens-
te des führenden Fujiwara-Clans. Wurde zur sagenumwo-
benen Gestalt, die in mittelalterlichen Erzählungen und
späteren Theaterstücken auftritt. Watanabe no Tsuna war
sein Lehnsmann und Begleiter. In den hier angesprochenen
Episoden von der *Rückkehr-Brücke (Modoribashi)* und von
der *Erdspinne (Tsuchigumo)* geht es um Kämpfe mit weiblichen Dämonen.

55 Waka – die älteste, über Jahrhunderte einzig maßgebende,
klassische Gedichtform Japans – von Fujiwara no Toshi-
yuki (gest. 901 oder 907). (Aus: *Kokinshū* Bd. 12, Nr. 559.)
Die Übersetzung lehnt sich an Jürgen Berndt an. Vgl. *Als
wärs des Mondes letztes Licht am frühen Morgen*, Berlin 1992.

56 Waka der Dichterin Ono no Komachi (Mitte 9. Jh.). (Aus:
Kokinshū Bd. 12, Nr. 554.) Das Gedicht spielt auf den Aber-
glauben an, dass bei verkehrt angezogenem Nachtgewand
im Traum die geliebte Person erscheint.

57 Dieses Waka ist tatsächlich nicht Izumi Shikibu zuzuschreiben, sondern der Dichterin Suō no Naishi (gest. 1111).
(Aus: *Senzaishū* Bd. 16, Nr. 964.)

58 Der japan. Titel des 1928 erschienenen Romans lautet
Tade kuu mushi. Er ist an das Sprichwort «*Tade kuu mushi
sukizuki*» angelehnt, was wörtlich bedeutet: «Es gibt auch
Insekten, die den bitteren Knöterich gernhaben.» Sinn-
gemäß entspricht das dem Deutschen «Jedem Tierchen
sein Pläsierchen». Der Roman wurde erstmals 1957 auf Dt.
herausgebracht, unter dem völlig veränderten Titel *Insel
der Puppen* und übersetzt aus dem Amerikanischen. Der
hier zitierte Abschnitt ist neu übertragen.

59 Matten aus Stroh und Binsen, mit denen in Japan die Böden
der Wohnräume ausgelegt werden.

60 *Genji monogatari emaki*, die älteste erhaltene Bilderrolle zur

Geschichte vom Prinzen Genji, entstanden 1120–1140. Seit der Tokugawa-Zeit wird sie dem Maler Fujiwara no Takayoshi zugeschrieben. Darum ist abgekürzt vom *Takayoshi Genji* die Rede.

61 Ein Kurzgedicht des exzentrischen Zen-Mönchs Ikkyū Sōjun (1394–1481).

62 Bashō (1644–1694), berühmtester Meister der Haiku-Dichtung. – Saigyō (1118–1190), herausragender Waka-Dichter.

63 Die vom Chan- bzw. Zen-Buddhismus inspirierte Literatenmalerei der Südlichen Sung-Zeit in China strahlte auch nach Japan aus und erlebte dort im 18. Jh. eine späte Renaissance. Sie ist unter dem Begriff *nanga* bekannt. Tanizaki scheint hier beide Traditionen, die chines. und die japan., im Auge zu haben.

64 Motivkombinationen, die in der Literatenmalerei immer wieder aufgegriffen werden und deshalb zwei Bildkategorien innerhalb dieses Genres bezeichnen.

65 Elinor Glyn (1864–1943), engl. Schriftstellerin, publizierte 1927 das Buch *«It» and other stories*. Die Titelgeschichte wurde noch im selben Jahr verfilmt, und die Schauspielerin Clara Bow (1905–1965) machte für kurze Zeit Furore als sogenanntes It-Girl. *It* wird allgemein mit «Sex-Appeal» umschrieben, meint also das «gewisse Etwas» anziehender oder aufreizender sinnlicher Ausstrahlung.

66 *Onna daigaku (Die hohe Schule der Frau)* war eine in der Tokugawa-Zeit weitverbreitete Schrift, die dem konfuzianischen Gelehrten Kaibara Ekiken (1630–1714) zugeschrieben wird. Ihr Thema ist die Erziehung entsprechend dem Frauenideal der feudalistischen Gesellschaft.

Tanizaki Jun'ichirō (1886–1965), ein aus dem Kaufmannsmilieu von Tōkyō stammender und dort aufgewachsener Autor, gehört zwar unbestritten zu den herausragenden Vertretern der japanischen Literatur des 20. Jahrhunderts, doch wird sein umfangreiches Gesamtwerk sehr unterschiedlich rezipiert. Uneingeschränkte Hochschätzung genießt er als Erzähler und Romanautor; seine zahlreichen Theaterstücke dagegen sind völlig vergessen, und auch seine essayistische Prosa findet zu Unrecht nur beschränkte Beachtung – mit Ausnahme etwa des recht häufig zitierten *Lob des Schattens*. Obwohl er seit Beginn seiner literarischen Karriere immer wieder Kritiken und Reflexionen für Zeitschriften und Tageszeitungen verfasste, gelangte er in diesem Genre erst nach seinem Umzug ins Kansai-Gebiet (d. h. in die Gegend von Kyōto, Ōsaka, Kōbe) zur Reife.

Dieser Ortswechsel – als Folge des zerstörerischen Erdbebens, das Tōkyō und Umgebung im September 1923 heimsuchte – markiert eine Wende in seinem Leben. Neue Perspektiven, neue Anstöße für sein Schaffen, ein geschärftes Bewusstsein für die kulturellen und mentalen Unterschiede innerhalb Japans, die Neuentdeckung überlieferter Werte und Kulturgüter wie des in Ōsaka beheimateten Bunraku-Puppentheaters, aber auch der westliche Einfluss und Lebensstil rund um die Hafenstadt Kōbe – all dies animierte ihn zu einer Reihe von meisterlichen Essays, die 1927 mit *Chronik der Redseligkeit (Jōzetsu roku)* beginnt und sich in den folgenden Jahren mit den Titeln fortsetzt: *Reflexionen über die Trägheit (Randa no setsu*; 1930), *Liebe und Sinnlichkeit (Ren'ai oyobi shikijō*; 1931 in der Zeitschrift *Fujin kōron*), *Ōsaka und die Leute von Ōsaka, wie ich sie gesehen habe (Watashi no mita Ōsaka oyobi Ōsakajin*; 1932), *Bericht aus meiner Jugend (Seishun monogatari*; 1932), *Lob der Meisterschaft (Geidan*; 1933), *Lob des Schattens (In'ei raisan*; 1933), *Nachdenken über Tōkyō (Tōkyō o omou*; 1934) und *Stil-Lesebuch (Bunshō tokuhon*; 1934). In Buchform erschienen zwei Essaysammlungen, 1932 die *Aufzeichnungen aus dem Haus Ishōan (Ishōan zuihitsu)* und 1935 der Band *Aufzeichnungen aus Setsuyō* (d. i. Ōsaka; *Setsuyō zuihitsu*).

Auch wenn diese Texte kein breites Publikum erreichten, so verfehlten sie keineswegs ihre Wirkung auf die damaligen Intellektuellen. Einer von ihnen war Kawakami Tetsutarō (1902–1980), ein führender Kritiker des 20. Jahrhunderts. Als Exponent der Avantgarde, einer auf die französischen Modernisten ausgerichteten Literatengruppe, äußerte er sich bereits 1931 in einem seiner ersten Aufsätze ungemein positiv über die Essays seines älteren, arrivierten Kollegen, denen er stilistische Geschmeidigkeit und eine ungewöhnliche Überzeugungskraft attestierte. Man vermöge sich ihnen kaum zu entziehen, selbst wenn man im Einzelnen oft Einwände habe. Sie seien höher einzustufen als alles, was andere angesehene Autoren an Vergleichbarem hervorbrächten. Mehr als drei Jahrzehnte später, aus Anlass der Tanizaki-Gesamtausgabe, zog Kawakami den Schluss: «Es geht hier nicht darum, Tanizaki ein besonders hohes kritisches Talent zuzuschreiben, vielmehr möchte ich hervorheben, dass man bei der Lektüre das gleiche Interesse entwickelt und in der gleichen Weise angerührt ist, wie wenn man seine Romane liest.»

Das ist ein treffender Hinweis! Tanizaki fesselt durch eine flexible Gedankenführung, die weniger dem Argumentieren als dem Erzählen verpflichtet ist. Er schweift in wohldosiertem Rhythmus von einem Gegenstand zum anderen und gerät nicht selten auch auf Nebengeleise, ohne aber den Faden zu verlieren. Er hält eine mittlere Distanz zu seinem Thema; aus seiner Jugend noch mit den alten Verhältnissen vertraut, durch seine Studien und Interessen auf die Moderne ausgerichtet (zum Beispiel in seiner Begeisterung für den Film), wendet er sich nun zurück und legt sich die Situation, in der sich Japan befindet, neu zurecht, abwägend, nicht ohne Selbstkritik und Selbstironie. Er nimmt uns gleichsam an der Hand und begibt sich auf eine Entdeckungsreise mit offenem Ziel, sucht so für sich selbst und für den Leser Klarheit zu gewinnen über die eigenen Traditionen und den eigenen Standort.

Eduard Klopfenstein

INHALT

Liebe und Sinnlichkeit

7

Epochen der japanischen und
chinesischen Geschichte

73

Anmerkungen

75

Tanizaki als Essayist

85

Tanizaki
Jun'ichirō
Lob der
Meisterschaft

MANESSE

Aus dem Japanischen übersetzt von Eduard Klopfenstein.
144 Seiten, 9 historische Fotografien und eine Original-Kalligrafie
von Suishū T. Klopfenstein-Arii.
Gebunden mit Schutzumschlag.

ISBN 978-3-7175-4079-3

Tanizaki Jun'ichirōs Essay ist ein Schlüsseltext zum Ver-
ständnis der japanischen Kultur. Geistreich beleuchtet er den
Unterschied zwischen östlichem Streben nach Meisterschaft
und westlichem Kunstverständnis.

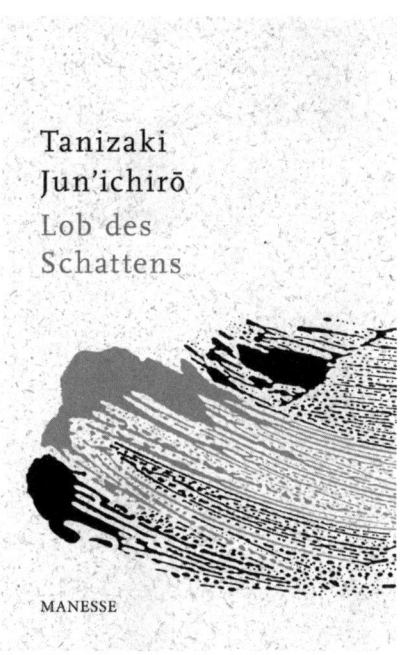

Tanizaki
Jun'ichirō
Lob des
Schattens

MANESSE

Aus dem Japanischen übersetzt von Eduard Klopfenstein.
96 Seiten, Original-Kalligrafie von
Suishū T. Klopfenstein-Arii.
Gebunden mit Schutzumschlag.
ISBN 978-3-7175-4082-3

Am Beispiel des Umgangs mit Licht und Schatten gelingt Tanizaki Jun'ichirō der Entwurf einer japanischen Ästhetik. Hellsichtig und mit faszinierender Leichtigkeit erforscht sein Essay die Wurzeln fernöstlicher Schönheit.

Titel der japanischen Ausgabe:
«Ren'ai oyobi shikijō» (1931)

Kalligrafie «Sinnlichkeit» auf S. 5 von
Suishū T. Klopfenstein-Arii.
Das aus der archaischen Siegelschrift entwickelte
kalligrafische Zeichen «shiki/Sinnlichkeit» stellt abstrahiert
die Vereinigung von Mann (oben) und Frau (unten) dar.

Penguin Random House Verlagsgruppe FSC® N001967

Diese Buchausgabe wurde von Greiner & Reichel
in Köln aus der Monotype Fournier gesetzt,
von der Druckerei Friedrich Pustet KG
in Regensburg gedruckt und gebunden.
Alle verwendeten Materialien entsprechen
alterungsbeständiger Qualität,
die Papiere sind chlor- und säurefrei.
Printed in Germany 2023
ISBN 978-3-7175-4080-9

www.manesse-verlag.de